3000 signes (espaces comprises)

Recueil de nouvelles

Danièle Godard-Livet

Tous droits réservés.
ISBN : 979-10-95568-04-9
ISBN-13 :

À Claire, ma fille, mon inspiratrice
et fidèle lectrice

Merci

Merci à Sturm et au Zodiacwritingchallenge, forum qu'il met en ligne, où se retrouvent des passionnés pour écrire une ou plusieurs nouvelles chaque mois sur quelques thèmes proposés ;

Merci à tous ceux qui m'ont inspirée, par leurs histoires, leurs écrits, leurs idées, leurs photos, souvent sans le savoir ;

Merci aux participants qui lisent et critiquent avec bienveillance ; merci en particulier à Charlie Sieffie, Clara, Sturm, San, Hyppococoristique, Cribou, Lilitor, Bruno Guennec, Anastazia, Entre les lignes, Max-Louis, Lou, Garanca, Lauren, Fifi, Regis T, Severine et aux autres que j'oublie.

On recommence l'année prochaine.

Marthe Lévigne (Martha)

Janvier

Il neigeait

Une bonne résolution

La fin du monde

La soirée de nouvel an

Un soir de Nouvel An

Pour Annie,

Ils attendaient Martha et plus le temps passait, plus ils s'alarmaient. Pourquoi n'avait-elle pas accepté l'offre de covoiturage que Martin lui avait faite (il venait avec Brigitte de la bourgade voisine)? Avait-elle oublié la soirée de Nouvel An? Avait-elle eu un accident? S'était-elle perdue en ignorant l'itinéraire qu'ils lui avaient fourni? Ils avaient tenté plusieurs fois de l'appeler, sans succès. La fête continuait néanmoins avec de temps en temps Martin pour s'inquiéter et faire un tour dehors pour « la faire venir ».

Denis se moquait gentiment de lui (Annie et Denis, les hôtes, ne connaissaient pas Martha, qu'ils allaient rencontrer pour la première fois) :

– elle a dû s'endormir devant la télévision, ta championne d'échecs...

Brigitte n'était pas tendre :

– Martha toujours Martha ; encore un truc pour se faire remarquer. À quatre-vingts ans, elle s'est offert une voiture avec caméra de recul. Elle adore, elle se croit dans un film. Une originale.

Martha arriva juste avant minuit, terrorisée, et nous raconta l'histoire qui suit :

Comme elle était en avance, elle n'avait pas résisté à l'envie de tester sa caméra de recul de nuit.

– pas très prudent !

– non, non, j'y arrivais très bien. Je l'ai testée en prenant le chemin que tu avais barré d'une croix rouge sur l'itinéraire et en redescendant en marche arrière. Super à l'aise jusqu'à ce que... il me faut un verre, s'il vous plaît, je tremble encore. Et des crêpes, ça m'a donné envie de crêpes !

– Tout Martha ! a dit Brigitte à la cantonade

– Le voyant-STOP s'est allumé alors que rien ne me barrait la route. Et puis le triangle de danger « REGARDEZ DANS TOUTES LES DIRECTIONS » J'ai d'abord vu des yeux, des yeux luisants comme des yeux de loup ; puis des silhouettes, plusieurs, comme des chasseurs avec des gilets à bande réfléchissante. J'ai paniqué. J'ai appuyé sur le bouton de contrôle centralisé des portes et je suis partie en marche avant, le plus vite que j'ai pu.

En buvant sa coupe de champagne, elle continua : c'était la route qu'il fallait éviter, à partir de là j'étais perdue. Mes mains tremblaient, mes jambes tressautaient sur les pédales, pas question de faire demi-tour et de repasser par ce carrefour. J'arrivais juste à avancer, avec la neige mouillée qui commençait à tomber, j'y voyais de plus en plus mal. J'ai suivi le GPS. Tant qu'il marchait, j'étais en sécurité même si je devais faire 100 km pour rentrer chez moi ou arriver chez vous. J'avais de l'essence, heureusement.

– Allez, passons à table dirent ensemble Annie et Denis. Une bonne frayeur, ça s'oublie vite. Vous avez dû croiser un promeneur avec ses chiens et vous avez pris peur. Vous pourrez dormir chez nous si vous voulez.

– Mais attendez, ce n'est pas fini ! En retrouvant ma route, je suis tombée sur un barrage, un vrai barrage avec des gendarmes, ceux qui cherchent les voleurs de sapins. En voyant mon âge, ils m'ont laissé passer. Je suis sûre que j'ai croisé les voleurs de sapins, pas loin, juste à l'embranchement. Discrètement Annie alla fermer à clé la porte d'entrée.

Vol de sapins

(en pensant à la nouvelle de Jack London
construire un feu)

Il neigeait. Tellement que même Wix le chien ne voulait pas sortir. Sébastien le tira par le collier sans ménagement. Il voulait vérifier que les vols de sapins de Noël ne s'étaient pas reproduits dans la nuit. Peu de chance avec la nuit sans lune, le brouillard du jour précédent et la neige qui n'avait cessé de tomber. Mais justement, c'était propice au chapardage.

Ils entreprirent l'ascension un peu avant midi pendant une accalmie. La neige jusqu'au genou ralentissait leur progression, mais Wix s'en tirait mieux que Sébastien. Quatre pattes, ça aide. Après la croix, le chemin faisait un coude et le village disparaissait. Il ne restait plus pour se guider que les murets de granit qui dépassaient à peine.

S'il constatait encore des vols, Sébastien ne se contenterait plus de les signaler à la gendarmerie. Il monterait la garde avec son fusil, toute la nuit s'il le fallait. Depuis qu'il avait fait du sapin de Noël son activité principale, c'était la première fois que les vols prenaient une telle ampleur et qu'on venait lui couper les sapins sur pied. Rien à voir avec la maraude de quelques arbres déjà prêts à être livrés des autres années.

La traversée du petit bois leur permit d'aller plus vite ; la couche de neige était moins épaisse sous les épicéas. Après, il faudrait contourner le lac et ils seraient arrivés. Wix prenait plaisir à la ballade depuis qu'il avait levé des lapins. Il supportait mieux le froid que son maître qui n'avait pris ni gant ni bonnet en disant qu'on n'était pas au Canada et qu'il ne faisait pas - 30 °C. Sébastien avait passé quelques hivers au Canada dans sa jeunesse et ne manquait jamais d'y faire référence.

Le lac avait disparu sous la glace et la neige. Il faisait bien plus froid que ce que Sébastien avait estimé. Il connaissait le chemin, mais rapidement il en douta, car l'étendue blanche n'offrait plus aucun des repères habituels, les blocs de granit épars et les genévriers avaient fait barrage au vent et n'étaient plus que des masses indistinctes, des congères informes.

Sébastien pensa à rebrousser chemin. À l'évidence, aucun engin n'était venu travailler là, ils auraient laissé des traces. On n'emportait pas une centaine de sapins en montant avec un 4X4, il fallait au moins un tracteur. Au rythme où elle tombait depuis la veille, la neige avait pu déjà recouvrir les traces. Il décida de continuer pour en avoir le cœur net.

Son chien n'était plus là. Il le siffla. Les aboiements lui parvinrent du lac où le chien se débâtait dans l'eau sans arriver à trouver une prise. Le con, jura Sébastien, juste la connerie à ne pas faire ! Tirer son chien de là allait être une galère et il allait se tremper. Quelle connerie ! Il entreprit de ramper sur la glace pour qu'elle ne cède pas tout en calmant le chien qui s'agitait en vain. Il ne tenait pas plus à son chien qu'à ses sapins, mais il ne pouvait le laisser geler sous ses yeux.

Sébastien l'avait presque atteint lorsque la glace céda sous lui. Et merde !

Rester vivant

Les bonnes résolutions, c'était pas son truc à Martha, pas du tout. Les vœux non plus d'ailleurs. Et en ce début 2019, elle avait fait quelques progrès supplémentaires dans l'abstention : juste un remerciement aux vœux sur Facebook (il faut quand même rester courtois) ou à ceux reçus par courriel, mais plus aucune carte de vœux aux malheureux qui ne correspondaient encore que par papier ou téléphone fixe. Elle en ressentait bien une petite gêne... passagère. Là, on était le 31 janvier et de toute façon, c'était fini.

Néanmoins, Martha se rendait bien compte qu'elle consacrait souvent le mois de janvier à des rangements, livres entassés depuis des mois, armoire à linge, tri de vaisselle. C'était dur de s'y mettre, mais ensuite quel soulagement ! Le sentiment du devoir accompli et du démarrage d'une vie plus légère comme désencombrée.

Le mois de janvier ne la laissait pas non plus sans un petit épisode grippal, qu'elle soit ou non vaccinée. Elle doutait fortement de l'efficacité du vaccin contre la grippe et avait une horrible trouille des piqûres, alors l'un dans l'autre, pas d'injection plus d'une année sur deux. C'était souvent à la sortie de ces épisodes grippaux (où elle s'imposait le plus grand repos, avec bouillon, bouillotte et compote + un gros livre) qu'elle se sentait d'attaque pour les phases de rangement. Effacer les fatigues des fêtes, vaincre le désordre qu'une année avait accumulé, se révélait un bon programme pour janvier.

Si d'aventure le ciel voulait bien accorder quelque chute de neige, son bonheur était parfait. La neige produisait sur Martha comme sur la plupart des humains (hormis les camionneurs) une euphorie esthétique et méditative. Tout est plus beau sous un manteau blanc ! Et Martha goûtait ces moments qui parfois allaient même jusqu'à lui éviter les obligations de janvier : galette des associations, vœux du maire, son propre anniversaire et quelques autres affaires qui se bousculent en janvier, avant un mois de février vidé par les vacances, où la France avait le bon goût de s'éparpiller en trois zones à peine sécantes, plus propices aux chassés-croisés qu'aux rencontres.

Janvier était donc un mois que Martha considérait comme très propice au début d'une nouvelle année, avec ou sans résolution, comme une to-do-list qui se serait accomplie sans y penser.

Janvier 2019 fut pourtant marqué par une information qui la frappa, plus que de raison : le prince Philip, mari de la reine Élisabeth, conduisant sans ceinture à 97 ans, eut un grave accident en sortant de son château au volant d'un puissant 4X4. Plus de peur que de mal pour lui, qui roulait le lendemain dans un nouveau 4X4, mais pas pour la petite Kia qu'il renversa. Vous voyez comme c'est petit une Kia ! Je sais pas, il faudrait chercher les spécifications techniques, mais c'est au bas mot moitié moins gros. Imaginez, vous pesez 60 kg, vous avancez tranquillement dans la rue et un fou de 120 kg en pleine course vous bouscule ! Dur, dur ! Résultat dans la Kia, un poignet cassé pour la conductrice, rien pour la passagère ni le bébé à l'arrière. Cette micro-nouvelle eut un effet fulgurant sur Martha. Elle la tenait sa bonne résolution (non, non, vous n'y êtes pas, pas de vendre sa Kia pour acheter un 4X4, non, non) ! Sa bonne résolution serait de rester vivante et de conduire encore à 97 ans ; elle se dit qu'elle tenait là un beau projet, un projet à long terme !

Collapsologie

Aux zadistes,

– la collapsologie, tu connais pas ? Et Greta Thunberd, jamais entendu parlé ? Extinction-rébellion, non plus ? Pourquoi tu as rejoint notre collectif alors ?

Martin a lancé ça à la pause sans méchanceté, mais Martha ne sait que répondre, tout le monde la regarde comme si elle était un résidu de l'Ancien Monde. Elle vit avec eux depuis quinze jours ; c'est un chantier d'enduit de maison en paille, un travail qu'elle trouve plutôt dur pour son âge, même s'ils la laissent surtout en bas, à la préparation de la terre.

Après Martin, qui est un peu le chef quoiqu'il en dise, c'est sa compagne Ilona qui ouvre de grands yeux sur Martha et lui demande :

– mais tes valeurs, c'est quoi ? Juste le collectif, le vivre ensemble ? Notre combat, t'en penses quoi ?

Ta conscience écologique, elle est où ? Tu la sens pas l'urgence ? On n'en est plus à lutter contre l'installation de réacteurs nucléaires ? Atomkraft, Nein Danke ! c'est du passé. Nous, on lutte pour survivre. Tout va s'arrêter, tu le sais !

– je vis comme vous, je partage les toilettes sèches, le froid, les graines et les potages de légumes. Je crois à la frugalité, à l'amour de la nature et de son prochain.

Il y a quelqu'un qui rit bruyamment de l'autre côté de la table. Le grand rouquin dont Martha oublie toujours le nom, mais qu'elle n'aime pas trop. Il vit avec la douce Héloïse qui travaille comme dix quand lui parle beaucoup et boit trop de bière (tant qu'il y en a, dit-il ! sans jamais faire le voyage à la déchetterie quand c'est son tour)
– Une « peace and love » ! on a une « peace and love » parmi nous, une revenante d'un autre âge, une groupie à Bob Dylan.

– Je ne renie pas mes années de jeunesse, si tu veux savoir.

Martha sent un certain assentiment du côté féminin de l'assemblée ; le rouquin est un macho, mal dégrossi, elle n'est pas la seule à s'en être aperçue. Héloïse baisse la tête, ce n'est pas la première fois qu'il lui fait honte. Héloïse est actrice, auteur-interprète, un peu metteur en scène à ses heures et ses indemnités d'intermittente du spectacle complètent le RSA du rouquin dont personne ne sait ce qu'il faisait avant de rencontrer Héloïse. Mais le rouquin ne se laisse pas clore le bec facilement, il sent qu'il faut reprendre le contrôle de l'auditoire et finir en apothéose. Il aime ça, l'assentiment de tous et l'expression nue de son ressentiment.

– C'est quand même ta génération avec ses grands idéaux qui nous a menés là où on en est. Vous avez profité de tout, et vous nous laissez quoi ?

L'effondrement, la lutte pour la survie. J'irai cracher sur ta tombe !

– Denis, tu vas trop loin ! Je suis désolé d'avoir lancé cette discussion, on reprendra ce soir, là on a encore pas mal de travail avant qu'il fasse nuit.

Martha apprécie. Il s'appelle donc Denis. Il faut qu'elle s'en souvienne, car elle devine que le conflit qui couve va se poursuivre. Martin n'est pas mal en manager, mais il manque de courage. « Tu vas trop loin » c'est un peu court pour désamorcer une guerre. À cette heure, elle rejoint de toute façon le groupe cuisine, épluchage de légumes et cassage de noix ; c'est surtout des filles comme par hasard et on papote tranquille.

Combien de collectifs improvisés comme celui-là a-t-elle connus depuis ses vingt ans ? Combien d'explosions, d'implosions, pour des idées, des histoires d'amour, des accidents, des exclusions… etc. ?

Ça ne fait rien, elle y croit, un jour ça marchera !

Février

La pluie

Le livre ancien

Je l'aimais

29 février une fois tous les
quatre ans

Je ne suis pas Kim Kardashian

En pensant à Enora,

Il avait plu, puis neigé. Ça avait fondu et inondé les rues puis regelé. La municipalité avait tenté d'utiliser des raboteuses à glace, car le sel était inactif en dessous de -20 °C, mais impossible de se servir de raboteuses sans endommager les trottoirs, alors on épandait des abrasifs. L'hiver à Montréal devenait impossible et sale avec ces bombes climatiques à répétition !

Enora qui était danseuse, mais n'avait pas assuré ses fesses pour 21 millions de dollars comme Kim Kardashian avait décidé de rester à la maison plutôt que de se briser une cheville. Ça n'allait pas fort : elle venait de recevoir les évaluations des étudiants pour ses cours du premier semestre et elles étaient mauvaises, très mauvaises ; les étudiants n'avaient pas supporté ses retards. Au Brésil (Enora avait longtemps travaillé au Brésil et parlait portugais) on ne te dit rien pour trois heures de retard, au Canada c'est 3 minutes qu'on te reproche ! Ah, ils sont polis les Canadiens, jamais un mot plus haut que l'autre, tout sourire, « ça me fait plaisir » pour dire merci, mais raides comme des passe-lacets.

Qu'est-ce qu'elle était venue faire dans cette galère ? Pour un chum ? Joli chum qui l'avait laissée tomber à peine arrivée ! Enfin là encore, rien d'aussi brutal : des empêchements, des difficultés, des choses à caler... qui la laissaient dans une attente qu'elle savait sans issue, mais à laquelle elle ne pouvait renoncer. Elle lui avait même proposé de faire un enfant et de s'en occuper seule, c'est que le temps pressait désormais à bientôt 40 ans. Il n'avait rien dit et elle voulait se convaincre que cela laissait un espoir, petit, mais qu'il n'avait pas dit non.

Quinze jours qu'elle n'était pas sortie, vivant des pizzas et des sushis qu'elle se faisait livrer et regardant des séries. Elle aimait qu'on lui raconte des histoires. Cela la faisait se sentir moins seule et moins misérable de voir les malheurs des autres.

Il ne restait que la peur que ça s'arrête. Prise de panique devant le catalogue de Netflix quand la saison suivante mettait du temps à sortir. Folle d'angoisse les jours où elle pensait avoir tout vu, se condamnant même alors à regarder n'importe quoi, y compris des séries fantastiques ou d'horreur qu'elle détestait, ou même à revoir des séries déjà vues. Si vous aviez dit à Enora qu'elle était comme les enfants qui ont besoin d'une histoire chaque soir, ou qu'elle pouvait piocher dans l'immense bibliothèque de tous les livres qu'une vie ne suffirait pas à lire, elle vous aurait ri au nez et répondu que ce n'était pas pareil. D'ailleurs, tout le monde regardait des séries ! Et puis bien sûr, elle lisait aussi, même si cela lui faisait mal aux yeux et que jamais elle ne trouvait dans la lecture la douce sérénité d'une série.

Cela dura jusqu'au jour où la box tomba en panne, sans qu'elle parvînt à joindre le fournisseur d'accès ! De rage, elle alla frapper chez les voisins, un gentil couple d'Haïtiens qui faisait une fête comme d'habitude (pigeon au citron et rhum arrangé), ne rencontra pas le prince charmant, mais une drôle de petite sorcière qui lui dit « suis-moi, je vais t'apprendre à faire de ta vie une histoire ».

Le jour de la marmotte

Martha affectionnait les bizarreries qu'elle trouvait dans les archives ou les livres anciens. Découvertes généalogiques, dictons anciens ou croyances désuètes étaient des sujets de prédilection qu'elle transformait en post dans son blog. Au moment où commence ce récit, elle avait entrepris des recherches sur le thème du jour de la marmotte et de la Chandeleur qui tombaient tous les deux les 2 février, mais ressortissaient à des traditions différentes. Tous les deux marquaient dans le calendrier la mi-temps entre le solstice d'hiver et l'équinoxe du printemps, tous deux avaient un rapport avec le printemps, mais l'un était plutôt fêté en Amérique du Nord quand l'autre relevait d'une tradition européenne.

En creusant le sujet, elle aurait largement de quoi faire un joli petit billet instructif et léger. Chaque année d'ailleurs, elle constatait le 2 février un je ne sais quoi qui changeait dans l'hiver : ce plus de lumière, ces chants d'oiseaux plus insistants, ces bruits de chantier plus présents.

Le 2 février 2019, en promenant son chien, Martha rencontra une marmotte. Elle entendit d'abord son sifflement, puis, y croyant à peine, elle la vit détaller parmi les herbes de la prairie où paissaient les chevaux en pension, nombreux dans sa zone pavillonnaire périurbaine. Elle décida de franchir les barbelés et de suivre l'animal. Elle savait la prudence des marmottes et l'acuité de leur vue pour les avoir souvent guettées dans les alpages et attacha son chien pour qu'il ne vienne pas déranger son entreprise.

À sa grande surprise, la marmotte l'attendit et la pria d'entrer dans son terrier.

– Ouh là, là ! Je ne m'appelle pas Alice, chère marmotte ; je n'entre pas dans les terriers.

– Je sais bien que tu n'es pas Alice ! Entre quand même puisque tu es curieuse. Moi, c'est Célia.

Martha avait l'habitude de parler aux animaux, à ses poules qu'elle appelait les filles, mais qui avaient toutes un prénom, à son chien comme à son chat. C'était sa taille qui la gênait... mais plus elle y pensait et plus elle se sentait devenir aussi fluette qu'un rat des champs.

– N'aie pas peur, je t'ai préparé des crêpes au sucre de pissenlit.

À mesure qu'elle rapetissait, Martha sentait grandir en elle une faim de crêpes au sucre de pissenlit et s'enfonça dans le terrier.

C'était petit et douillet et ça sentait bon les crêpes qu'une grosse marmotte faisait cuire pour une ribambelle de petits.

– Je te présente Norbert aux fourneaux et nos enfants : Chloé, Mathias, Claire, Andréas, Nora et Clara. Assieds-toi près d'eux et attends ton tour. Faîtes une place à Martha les enfants.

– Vos enfants ont les mêmes prénoms que les miens, dit Martha ; c'est à peine croyable !

Norbert maniait la poêle et faisait sauter les crêpes avec entrain, Célia servait et donna double ration à Martha. Lorsque tout le monde fut repu et la pâte à crêpes épuisée, les enfants réclamèrent un jeu de société qu'ils installèrent sur la table prestement débarrassée. Les parties s'enchaînèrent jusque tard dans la soirée.

Martha ne se réveilla qu'à la sixième sonnerie de son téléphone, d'un sommeil lourd et bienfaisant. C'était le policier municipal, pas content, qui lui signalait qu'il avait retrouvé son chien grelottant attaché à une clôture du pré aux chevaux. Elle devait venir le récupérer de toute urgence sinon il appliquerait la procédure de conduite en fourrière.

Relations humaines

« JE l'AIMAIS, IL M'A TROMPÉE ». Anaïs avait écrit cette phrase des milliers de fois, sur des cahiers, des feuilles volantes, sur les murs lorsque sa sœur la retrouva prostrée et la fit hospitaliser en urgence. Elle appela ensuite le compagnon qu'elle connaissait bien (Anaïs et Arno vivaient ensemble depuis dix ans) pour lui demander des explications. Il n'en avait pas, Anaïs et lui s'étaient séparés, mais il ne pensait pas que cela prendrait de telles proportions.

« Comment allait-elle ? Il espérait qu'elle allait s'en sortir, c'est vrai qu'elle avait réagi avec beaucoup de violence, mais après tout ce n'était pas un crime d'aller voir ailleurs, ils n'étaient pas mariés et n'avaient pas d'enfant, leurs chemins se séparaient voilà tout, ça arrivait à plein de gens, on n'allait pas en faire un drame. Tiens-moi au courant quand même, je ne lui veux aucun mal, dit-il en raccrochant ».

Anaïs quitta l'hôpital, passa quelque temps chez sa sœur, puis reprit une vie normale, solitaire, mais apaisée. Elle perdit quelques amis, ceux qui comprenaient Arno ou du moins ne lui jetaient pas la pierre, mais renforça ses liens avec ceux qui abondèrent dans son sens. Arno était un salaud et un lâche, un menteur qu'il valait mieux oublier. Arno de son côté s'informait de loin en loin de la guérison d'Anaïs, mais ce n'était pas son souci principal. Des mois après pourtant, des connaissances un peu lointaines, s'étonnaient en apprenant qu'Anaïs et lui n'étaient plus ensemble. Cela lui faisait un petit pincement au cœur de découvrir qu'il vieillissait, qu'il avait eu une vie avant, une histoire déjà longue et pas encore trouvé ce qu'il espérait d'une vie d'adulte équilibrée.

Lors de la première St Valentin qui suivit leur séparation, il reçut une carte : « je t'aimais, tu m'as trompée, un jour tu paieras ». C'était de bonne guerre, il prit la chose comme une ultime manifestation de colère et ne s'en inquiéta pas. L'année suivante, même date, même carte et même déclaration. Et ainsi de suite, d'années en années, malgré les nombreux déménagements d'Arno qui l'avaient conduit cette année-là au Costa Rica. Son compagnon (Arno vivait désormais avec un homme) lui dit qu'il devrait signaler à la police ce qui relevait clairement de menaces qui se répétaient d'année en année. Arno appela d'abord la sœur d'Anaïs pour en savoir plus. « Anaïs ? te poursuivre encore ? Non, je ne crois pas. Elle a deux enfants avec un Canadien et vit là-bas ». Il en resta là et les cartes continuèrent d'arriver d'année en année par mail le plus souvent.

Cela dura pendant trente ans, mais en 2019, Arno ne reçut aucune carte. Il chercha à joindre la sœur d'Anaïs, sans succès. C'est par hasard qu'il apprit lors d'un voyage en France de la bouche d'amis que

la sœur était morte d'un cancer généralisé plus de
quatre mois auparavant. « Tu sais, elle ne s'était
jamais remise de ta rupture avec Anaïs, elle t'en
voulait beaucoup d'avoir fait autant de mal ». Arno
envoya à Anaïs un mot de condoléances pour le
décès de sa sœur, mot qui resta sans réponse.

Message personnel

Pour Céline (Charlie),

Je m'appelle Martin, j'habite Shawinigan et en ce jour de St Valentin j'écris à celle dont le souvenir ne s'efface pas. C'était à Montréal en 1976 ou 1980, une année bissextile c'est sûr, puisqu'on a souhaité mon anniversaire. Et avant le premier referendum. J'étais étudiant à Mc Gill en médecine de famille. Je commençais ou je terminais mon Ph. D. et j'allais souvent dans ce bar du Mile-End où l'on jouait aux échecs. Il n'y avait pas d'alcool et j'aimais bien l'ambiance feutrée et silencieuse derrière les lourds rideaux.

Un jour, elle est arrivée, avec son accent français, sa frange courte et blonde, ses grandes lunettes. Je suis tout de suite tombé amoureux de la nouvelle serveuse qui se faisait appeler Célia ou Lise ou Maia selon les jours. C'était un étonnant mélange de discrétion et d'aventurière. Je ne sais pas expliquer ce qui émanait d'elle quand elle vous regardait droit dans les yeux avec naïveté et modestie. Elle ne ressemblait pas aux maudites Françaises qui venaient s'acoquiner à Montréal qui était très à la mode dans ces années-là. Gilles Carle, Carole Laure, Louise Forestier, Charlebois, elles « avaient toutes les ailes d'un ange pour partir pour Québec ». Elle, elle était un ange !

Je n'osais pas lui parler, encore moins lorsque j'ai compris qu'elle était une très bonne joueuse d'échecs qui se mesurait souvent avec succès aux meilleurs du café « En passant ». Je l'avais suivie jusqu'à son appartement rue du Prince Arthur à Saint-Lambert sur la Rive-Sud, mais je n'avais pas tenté de l'aborder.

Je me souviens du soir où une sorte de Jésus dépenaillé a fait irruption au moment de la fermeture pour exiger qu'elle lui donne l'argent de la caisse. Il en avait besoin pour aller à Toronto. Elle est restée très calme en lui expliquant qu'elle ne pouvait pas, que cela ne lui appartenait pas. Il lui a alors demandé de sacrifier son propre argent. J'ai eu le courage de la défendre en disant qu'elle était plus pauvre que le quémandeur, mais pas celui de m'interposer et d'offrir mes dollars. Elle a sorti ce qu'elle avait (10 ou 15 dollars) en souriant. Elle n'avait rien d'autre. Moi, j'ai eu honte. Elle ne mangerait pas ce soir-là et je n'avais rien fait. C'était l'occasion pourtant ! mais je n'ai pas osé faire le geste. Il ne m'aurait pas coûté autant qu'à elle et justement j'ai pensé que cela m'exclurait encore plus de cette solidarité des miséreux qui semblait être sa mission. Je n'appartenais pas à la marge et je n'avais rien à lui offrir. Elle devait le sentir et me tenait à distance, alors que je croyais être victime de ma timidité.

Peu de temps après le café a brulé et j'ai perdu sa trace. Je l'ai revue en photo dans le journal : elle avait gagné la médaille d'or aux olympiades d'échec disputées à Thessalonique, mais elle vivait toujours à Montréal. C'est dans ce journal que j'ai appris son vrai nom : Céline. Elle n'était pas devenue riche, avait été femme de chambre a Westmount et se cherchait un vrai travail. La journaliste l'appelait la vagabonde.

Si tu me lis Céline, j'aimerais te revoir, mon adresse en mp.

Comment Oscar Lavallée tua le livre ancien

(sur une idée de Catherine Plée)

Oscar Lavallée avait importé le concept de creativewriting en France depuis plus de vingt ans et animait des ateliers d'écriture depuis cette époque. Les débuts avaient été difficiles, puis l'entreprise avait pris son essor et marchait bien sans lui permettre de rouler sur l'or. Depuis quelque temps, la concurrence était sévère, mais le nombre de postulants écrivains toujours en croissance. Des universités et des maisons d'édition avaient ouvert des masters de creativewriting dont plusieurs étudiants avaient été couronnés par des prix littéraires. Cela n'avait fait que renforcer la demande pour les initiatives qui se contentaient de tarifs abordables.

Oscar Lavallée savait qu'il ne pouvait s'aligner sur cette offre; il n'avait ni l'aura ni la structure. D'autant plus qu'il détestait réaliser l'exercice en « présentiel » comme on dit. La fréquentation des postulants écrivains le démoralisait au plus haut point : leurs lubies, leur nombrilisme, leurs jérémiades, leurs incapacités et leurs blocages, très peu pour lui ! Les accueillir chez lui en « résidentiel » aurait été au-dessus de ses forces. Il préférait le travail à distance et les échanges sur FB qui évitaient en plus de trop grands contacts entre participants. La foule étant toujours prête à tuer le père, il fallait s'en prémunir.

Toutefois, il fallait qu'Oscar Lavallée évolue et il y réfléchissait en ce début d'année 2019. La formule d'édition des créations de fins de stage avait eu quelques succès, y compris financiers, mais elle était insuffisante. Il fallait inventer autre chose de plus rémunérateur. C'est alors qu'il se mit à réfléchir à une méthode lui permettant d'écrire une fiction à partir des écrits de l'atelier qu'il animait. Attention, il ne s'agissait pas de copier ses stagiaires (le droit de la propriété intellectuelle est pointilleux et Oscar se renseigna très précisément sur le sujet. En gros, on n'est jamais propriétaire d'une idée, mais de ses développements concrets), mais de les amener adroitement à fournir du carburant à sa machine. Repérer des problématiques, des personnages, des ambiances, des lieux, des évènements, des retournements de situation qui alimenteraient son intrigue, un peu comme on ferait une enquête sur le terrain.

Dans ses propositions d'écriture, il maîtrisait à merveille le rythme qui fait monter l'impatience des écrivants, les citations qui obligent les auteurs en herbe à sortir de leur zone de confort et la surprise qui est toujours un bon moteur à l'imagination. Il tenait bien ses troupes et elles étaient nombreuses.

Comme à son habitude, il donna comme première proposition un exercice à trois entrées (ça intimide moins, donne droit au repentir, libère la plume) : trois pitchs de romans à venir (en 300 caractères) ; il récolta ainsi 300 idées de romans. Pour la suite, il lui suffit à chaque fois de proposer de développer la scène ou le chapitre où il en était arrivé. Il y avait un énorme déchet par abandon, écritures redondantes et sans imagination, hors sujet et que sais-je encore. Mais le projet avança tant et si bien qu'Oscar Lavallée en sortit, non un roman, mais un manuel d'écriture collaborative de scénario qui se vendit très bien et donna naissance à l'école française et à plusieurs masters des universités. L'écriture de séries remplaçait désormais définitivement la littérature.

Tu es la plus belle chose qui me soit arrivée

« Tu es la plus belle chose qui me soit arrivée ».
Leur histoire était finie, mais ses mots lui avaient fait
chaud au cœur. Le même jour, il l'avait chargée des
réseaux sociaux de la boite : instagram et FB, tout
ce qu'elle aimait faire et une sorte de promotion !

La vie était belle, elle l'a voyait en rose même si
leur histoire était finie, elle avait compté pour lui, et
c'était doux à entendre. Une déclaration, il lui avait
fait la déclaration qu'elle avait vainement attendue
du temps de leur romance. Ça lui donnait du
courage pour un nouveau départ, un futur qu'elle
pourrait aimer. Qu'importaient les lâchetés, les
rendez-vous manqués, qu'importait la durée quand
on avait vécu une passion ! Il avait ses raisons et elle
toute la vie devant elle pour d'autres aventures. Une
infinie tendresse pour lui avait remplacé la colère de
la rupture. Leur histoire décuplait sa force.

À la mi-décembre pourtant elle ressentit un doute.
La chargée de com en poste ne s'occupait-elle pas
auparavant des réseaux sociaux ? Ne lui avait-elle

pas pris une partie de ses attributions ? Elle lui rendit visite pour lui proposer d'échanger sur le sujet.

– Sur le coup, ça m'a fait un choc, mais je me suis dit « prends le bon côté des choses » : moins de travail instantané, c'est plus de temps pour le travail de fond ! Les réseaux sociaux, ça a vite fait de te bouffer ; dès que ça accroche, il faut être présent, répondre, garder son calme, avoir de l'humour, faire léger. Pas grave ! et puis avec toi, pas de souci, t'as d'autres trucs à gérer et on s'entend bien, non ?

C'était vrai, elles s'entendaient bien. Et puis les réseaux sociaux pour la boite, c'était plutôt de la com interne, une façon de se tenir tous sur le même message, d'échanger entre eux, de maintenir un consensus. Pour elle, c'était une manière de prendre ses marques dans un univers qu'elle connaissait peu et surtout d'apprendre à être ponctuelle et régulière : poster au moins une fois par jour, c'était le challenge qu'elle s'était donné et elle s'y tenait plutôt bien tout en restant inventive et en fédérant l'équipe (chacun fournissait le post du jour, personne n'était oublié).

Le premier couac survint avec les vœux de Joyeux Noël. Elle envoya à tous un Noyeux Joël qu'elle trouvait irrésistible, mais qui ne fut pas du goût de l'ex-homme de sa vie. « Moyen » posta-t-il sans commentaire. Elle en fut blessée, tout en reconnaissant qu'elle aurait pu faire mieux.

Puis vint l'épisode des cartes de vœux. La responsable de com lui avait bien signalé la dangerosité du moment. La carte de vœux traditionnelle que personne ne regarde est dans beaucoup d'entreprises l'instant créatif du patron, son moment d'autorité. Pas de souci, elle organisa un concours de propositions et un choix collectif. L'ex-homme de sa vie, par ailleurs patron, l'emporta avec l'assentiment de tous, à son grand étonnement.

Son projet était le plus minable et cela fit plus que la blesser. Cela la révolta. Comment pouvait-il descendre aussi bas, afficher cette citation éculée et méprisante pour les femmes en guise de vœux de bonne année. C'était indécent et elle s'y opposa violemment.

Le lendemain, incapable de se lever, elle s'accorda une semaine d'arrêt maladie, semaine pendant laquelle elle décida de quitter la boite où elle travaillait depuis 10 ans. Elle ne serait jamais la chose de personne, la déclaration prenait enfin tout son sens.

Mars

Écrire à partir d'un
tableau

Un étrange sourire

Le feu

La glace

Il y a tableau et tableau

Je m'appelle Flore et je suis comptable. Pas comptable en chef ou expert comptable, juste assistante comptable. Je sais, j'aurais pu faire mieux dans la vie, viser plus haut. J'ai choisi la facilité, un BTS « gestion comptable des entreprises » et finies les études ! J'aime les chiffres, je suis à l'aise avec eux. J'aime enregistrer les factures, contrôler les états, débusquer les erreurs, rappeler les fournisseurs, relancer les mauvais payeurs, déclarer la TVA, toutes ces petites choses qui paraissent fastidieuses à certains m'enchantent. Je sais que c'est un don assez peu répandu de s'entendre aussi bien avec les chiffres, de repérer l'unique fautif dans des colonnes démesurées et de n'avoir jamais mal à la tête comme certains de mes collègues. Mon travail est apprécié à sa juste valeur au point que mon chef veut me confier des tâches plus nobles comme il dit.

C'est là qu'entre en jeu le tableau Excel qui n'est pas mon ami. Avez-vous déjà pratiqué le tableau Excel avec ses petites cases rangées en ligne et en colonne. On peut ajouter des lignes et des colonnes autant qu'on veut et le tableau devient immense, il ne tient plus sur un écran ni même deux écrans d'ordinateur. On peut trier les cases, on peut faire des opérations entre les cases, on peut inverser lignes et colonnes en un seul clic. Changer les unités. On peut aussi faire des graphiques, des camemberts, des courbes. Généralement on travaille avec plusieurs tableaux empilés les uns sur les autres de feuilles de calcul qui interagissent entre elles. Bref le tableau Excel est un être vivant, une petite bête très sensible et réactive. Il me brouille la vue, il s'agite et j'en rêve la nuit. C'est un univers mouvant pas fait pour moi. J'essaie de l'expliquer à mon chef qui ne veut rien entendre et m'envoie en formation. Une semaine à vivre avec ces êtres agités et imprévisibles !

Le formateur est sympa, il nous met tout de suite à l'aise avec un exercice « facile » : calculer le coût de revient de dix tests réalisés en laboratoire et les comparer. Quatre feuilles seulement : les temps passés par différents techniciens et leur taux horaire de la réception à l'envoi au client, le prix des produits utilisés, l'amortissement du matériel. Je ne sais même pas passer d'une feuille à l'autre, ma voisine me montre. Les opérations ne marchent pas, mes formules sont fausses ou les résultats aberrants. Je fais l'exercice de tête, ce n'est pas bien compliqué effectivement et je dessine un joli petit graphique. J'abandonne l'ordinateur et je rêvasse jusqu'à la pause. Les tableaux croisés dynamiques ne sont pas pour moi. Ma voisine, celle qui m'a aidée au départ, est une championne, c'est elle qui explique comment traiter l'exercice à tout le monde. Elle veut bien me donner des cours particuliers. Je n'ai pas tellement envie, car je préfèrerais dire à mon chef que « non, ce n'est pas possible, je ne suis pas faite pour ça. »

C'est beau chez Émilie (elle s'appelle Émilie). Il y a des tableaux sur tous les murs, de vrais tableaux avec de la peinture qu'il ne faut pas toucher, car ils ne sont pas secs. C'est son copain qui est peintre.

C'est Beyrouth !

Pour Noémie,

Je me souviens de l'étrange sourire de Fabien lorsque je lui ai annoncé que j'étais affectée à Beyrouth à partir de septembre ; à l'ambassade de France, mon premier poste diplomatique à l'étranger ! J'en rêvais depuis toujours, Téhéran ou Beyrouth, j'ai eu Beyrouth. Que voulait dire son étrange sourire ? Qu'il avait échappé à Téhéran ? Qu'il était content de parfaire son arabe ? Qu'il se sentait près pour l'insouciance de la vie beyrouthine, les réceptions à la résidence des pins, la mer et le soleil sous la protection d'un passeport diplomatique ?

L'étrange sourire de mes parents avait un tout autre sens ; comme s'ils avaient vécu heure par heure la guerre civile, les attaques israéliennes, le départ de Fedayin, les otages, les attentats, Rafic Hariri et tout et tout. Quelque part je les comprends, ils sont enfants de pieds noirs rapatriés en 62. Ils avaient 12 et 13 ans alors. C'est eux qui m'ont donné envie de devenir diplomate.

Le sourire de ma meilleure amie qui habite Montréal, je ne l'ai pas vu (on coupe l'image quand on se parle sur Whatsapp), mais j'ai entendu son cri de joie : Noël à Beyrouth ensemble ! Elle est médecin et vit avec une chorégraphe libanaise ; Beyrouth c'est leur seconde maison.

Comme à chaque fois, j'ai trop aimé l'arrivée à Beyrouth, l'avion à la limite de s'abîmer dans la mer et la ville qui apparaît peu à peu et qui n'arrête pas de grandir sur le bord de mer et les collines de plus en plus loin. La route de l'aéroport saturée, le chauffeur qui fume, la musique à fond, les vitres ouvertes et l'air tiède. Ça, c'est Beyrouth, l'insouciance au milieu du chaos.

De notre appartement, on ne voit pas la mer. Un deuxième étage dans Mazra'a, on n'a pas trouvé moins cher et plus près de l'ambassade. C'est neuf, mais comme partout, il n'y a pas toujours de l'eau et c'est souvent que l'électricité vient du groupe électrogène. On ne se plaint pas, mais on envie un peu les beaux quartiers. Quelle ville étrange ! quels contrastes entre les très riches et les autres ! Il n'y a que sur la corniche que tout le monde se mêle, on y fait du jogging le dimanche matin.

On a pris nos vacances en juillet et on est rentré en France. Mauvais plan Beyrouth en août, la ville est étouffante malgré les climatiseurs, les plages privées sont chères, les plages publiques tellement polluées. Il faudrait avoir une maison à la montagne pour supporter Beyrouth en août. J'attends avec impatience notre deuxième hiver et Noël, le retour de nos amis. Pas de jardins non plus, il n'y a qu'à la librairie Antoine que je me sens vraiment bien, et puis ils parlent tous vraiment français.

À vrai dire, je ne supporte plus Ghina ma secrétaire, sa manucure et son épilation toujours parfaites ; ses talons de 12 cm me font plus mal que les femmes voilées. Elle vit toujours chez ses parents où l'employée de maison philippine tient la maison en ordre, fait les courses et prépare les légumes. Moi, je fais tout et on mange mal même si Fabien m'aide. Les petits restaurants de bord de mer dont je rêvais, où sont-ils ?

Grande nouvelle depuis hier : je suis enceinte et je rentre. Grossesse à risque (j'ai fait une fausse couche l'an dernier) ! Beyrouth c'est surtout bien quand on en part et qu'on y revient.

Le paysan et l'artiste

Pour Amélie,

Je l'ai rencontrée parce qu'elle voulait faire des trous dans mon pré pour un projet photographique. J'ai dit oui à cause de ses parents qui sont mes voisins, mais je lui ai demandé de bien rester en bordure pour que je n'aie pas de souci avec mes bêtes ou avec une faucheuse.

Je la revoyais de loin en loin qui venait inspecter son trou et faire des photos. Elle ne l'avait pas comblé, mais les herbes reprenaient le dessus. On a planté des piquets ensemble pour le signaler. Elle m'expliquait son projet : le trou c'était pour enfouir son passé, pourtant elle n'avait rien mis dedans ! Je ne comprenais pas bien, alors elle m'a invité à une exposition qu'elle faisait avec des amis à l'orangerie du parc de la tête d'or. Il y avait des feux, comme des ronds de sorcière, et elle était au milieu, c'étaient mes préférées. Il y avait des bonshommes de neige mangés par le feu. Des foyers éteints. Il y avait aussi des maisons inachevées. Des tas de sable, une brouette et des moellons comme sur un chantier de reconstruction abandonné. Je trouvais ça triste et je le lui ai dit, surtout dans un endroit tellement beau sous les arbres centenaires et les verrières qui laissaient passer le soleil.

Cette exposition c'était en automne et je ne l'ai plus revue de tout l'hiver. Le trou était plein d'herbes sèches et ne semblait plus lui servir à grand-chose. J'aurais bien voulu le combler, mais ses parents m'ont répondu qu'ils ne savaient pas et qu'il vaudrait mieux lui demander. Quand je l'appelais, je n'arrivais jamais à la joindre ou alors elle n'avait pas le temps. Ce n'était pas si grave, elle ne me volait ni ma récolte, ni mon espace ou mon temps, mais je n'aime pas laisser trainer les choses. Tant qu'elle n'y mettait pas le feu, dans le trou !

Le printemps redémarrait, je sortais les bêtes à nouveau et il fallait que j'épande le fumier. J'ai demandé son adresse et je suis allé chez elle.

Il y avait des plantes en pot mortes qu'elle conservait. Ça ne m'a pas fait une bonne impression même si elle m'a expliqué que c'était un cadeau de sa mère à l'occasion de l'exposition à laquelle elle m'avait invité. Elle n'avait pas la main verte, j'aurais dû m'en douter. Le trou, moi j'y aurais planté des choses, plutôt que de laisser les orties et les ronces en prendre possession.

Je ne suis pas artiste, mais je crois à la grande force de la nature qui renaît chaque année. Ça pousse même après la neige, même après le feu. Tant que c'est vivant, ça croît et se multiplie juste avec le soleil et l'eau. C'est banal comme idée et pas artistique, je sais bien ; c'est quand même le miracle de la vie, cette force de résurrection.

Je suis un peu philosophe à mes heures, mais elle n'était pas prête. Alors je suis parti en me disant qu'il valait mieux la laisser tranquille avec ce trou. Il se reboucherait de lui-même, il n'était pas si profond. La nature fait bien les choses et j'ai confiance. Et elle, c'était peut-être ce qu'elle voulait qu'il se rebouche avec le temps le trou qu'on lui avait fait et dont elle ne parlait pas.

Avril

Des plages dans ma tête

Pour Noémie encore,

J'ai rêvé de Sète cette nuit. Je marchais seule pieds nus dans le sable, à la lisière de l'eau. Le soir tombait, la plage était vide. De temps en temps de goélands lourds me frôlaient avec de se poser et d'arpenter la grève à la recherche des restes des baigneurs, de rares cyclistes empruntaient encore la piste en bordure de mer. J'étais bien, le vent de terre se levait et les vagues n'existaient plus. Pourquoi ne puis-je pas marcher le long de la mer à Beyrouth ? Cela ne se fait pas. On va à l'hôtel de plage ou à la piscine. La plage me manque. Et puis je ne comprends pas cet interdit. Est-ce parce que l'eau est polluée, est-ce à cause de la banlieue sud, est-ce à cause des ordures ? C'est un grand mystère et une torture pour moi d'être privée de plage.

J'ai encore rêvé de la plage, cela devient une obsession. Couverte de tentes et d'abris de fortune, parsemée de lumignons. Il faisait nuit noire. Les gens mangeaient, parlaient, riaient, buvaient. Il y avait de la musique et des cris d'enfants. Les odeurs de barbecue et les fumées effaçaient l'odeur de l'eau. Le rivage était rempli de pièges à crabes. Je ne sais même pas s'il y a des crabes sur les plages de Beyrouth. J'irai une fois pour voir.

Hier nous sommes allés à Ramlet el Bayda, la seule plage publique de Beyrouth pour que je puisse me baigner et marcher sur le sable. C'est vraiment sale et mal entretenu, jonché de bouteilles plastiques et de toutes sortes de détritus qui s'accumulent là où on aimerait voir des algues ou des coquillages. Je n'ai pas vu de crabes. On a marché un peu, mais impossible de s'allonger et je n'ai pas eu le courage de me baigner. Fabien ne veut pas y retourner, moi non plus.

Je marche seule en rêve sur la plage de Cayenne. L'eau est boueuse et marronnasse. C'est plein de chiens errants, de bois flotté et de noix de coco et de ces grandes lianes terrestres qui poussent partout. Quand j'ai raconté mon rêve à Fabien, il a ri en me disant qu'il allait signaler ce nouveau symptôme aux tenants du DSM : addiction aux plages. Cela ne m'a pas fait rire : vivre au bord de la mer et être privée de plages, c'est un calvaire.

Je crois que je vais devenir folle. Toutes les plages de mon existence me poursuivent. J'ai encore rêvé de la plage de Sète la nuit dernière. J'avais fixé ma tente au pied de la dune, juste à la limite des oyats et de ces fleurs mauves qui colonisent le sable. Ce sont les tracteurs-ratisseurs de plage qui m'ont réveillée. Je suis sortie et le ciel était rose. Il n'y avait qu'un pêcheur qui surveillait ses lignes plantées dans le sable. Sur le sable de la dune, les traces menues de petites bêtes faisaient des pistes et les feuilles d'oyats avaient tracé des cercles autour de chaque pied. Un matin parfait comme le matin du monde.

Notre chambre était déjà étouffante. La climatisation avait dû s'arrêter pendant la nuit. Le bruit qui m'avait réveillée, c'était celui de la circulation. J'ai ouvert la fenêtre pour sentir au moins l'air du matin. Je ne peux plus vivre dans cette ville. Fabien m'a promis que nous irions à Byblos ce week-end.

Une quantité de petits détritus

« Une quantité de petits détritus », c'est ce que disait une invitée au vernissage de ma dernière exposition en commentant mes photos. Visiblement elle n'y connaissait rien, car mes images sont faites avec des amas d'ordures, des poubelles qui débordent, des bennes surchargées, des décharges publiques ou sauvages, pas avec de petits détritus, même en quantité. Une novice qui découvrait mon œuvre avec son regard naïf, peu au fait des courants de l'art. Il y en a toujours parmi les visiteurs de chaque galerie.

Les ordures sont mon gagne-pain. À l'affût de toutes les grèves des éboueurs de la planète, de toutes les journées de nettoyage de printemps, je peux courir de Beyrouth à Montréal pour saisir la quintessence du déchet. Ou simplement me balader dans la campagne tunisienne où volent au vent les sacs plastiques qui prennent si bien la lumière.

C'est en voyant pour la première fois une photo de crotte de chien prise par Martin Parr que j'ai su que je tenais un sujet. Un sujet actuel et planétaire, multifacette et coloré, et qui se vend bien. Je sature moins mes couleurs que lui et j'ai encore un peu de mal avec les déchets nauséabonds. J'ai commencé par les mégots de cigarettes qui jonchaient autrefois les trottoirs. Ils ont presque disparu dans les pays civilisés; dans les autres où l'on fume encore partout, ils sont toujours passés inaperçus sous le flot des immondices. J'ai opté pour plus gros, plus démonstratif, parfois théâtral.

Mon œuvre est admirée, encensée parfois. « Rebelle, dérangeant » écrivent les critiques, « une mise en accusation de la société de consommation ». Ma côte n'est pas encore celle du maître, mais j'ai largement assez pour vivre confortablement.

Je sais qu'en rentrant chez eux, ils remplissent leur poubelle et la descendent sagement au bas de l'immeuble ou devant chez eux. Les éboueurs passent, tout est net et ils oublient. Se demandent-ils où partent leurs déchets? Où croient-ils que mes photos sont prises? Sans doute s'imaginent-ils que toutes viennent de contrées reculées, de peuplades inéduquées, gérées par des services défaillants ou mafieux.

Moi, je sais où vont vos ordures, braves gens; elles sont brulées et vous les respirez, enfouies pour vos petits-enfants, embarquées sur de grands cargos pour aller s'échouer vers des rivages lointains, pas si loin du club de vacances que vous rêvez de fréquenter. Je les suis et j'aime ça. Je m'intègre au grand cycle de la rudologie avec mes amis les oiseaux et les casseurs d'épaves. Je vous les montre et vous ne voyez rien. Les éboueurs sont en grève depuis deux jours et vous paniquez. Soyez patients, un jour viendra où vous croulerez sous des sacs poubelles abandonnés sur la voie publique, où le moindre recoin débordera de détritus, où vous vous fraierez un passage entre les canapés éventrés, les machines défoncées hors d'usage. Vous foulerez l'immondice dont personne ne voudra. Et peut-être ferez-vous une pause pour réfléchir. Je n'en suis même pas sûr.

Quand viendra ce temps, j'aurai construit ma cabane en rondins au fond des bois et je regarderai attendri mes poules picorer le petit tas de fumier que me donneront mes chèvres pour engraisser mes parcelles de légumes.

Mai

Derrière la porte

Le miroir

Le vent

Le retour

Laferté-sur-Aube

Pour Noémie, une autre Noémie,

C'était un repas de famille en petit comité. Le mercredi à midi nous tenons table ouverte, à l'origine parce que le petit -fils n'a pas de cantine, mais au fil du temps parce que cela arrange tout le monde de se voir sans amputer le week-end. Ce 8 mai, il n'y avait que Max et son amoureuse qui venaient juste d'emménager ensemble et rentraient d'un voyage en Italie. La tante était à New York avec une amie, le petit-fils invité avec sa mère chez une collègue qui n'avait pu assister à son anniversaire, une autre fille préparait la chambre de son futur bébé avec le papa. Le reste de la famille, vivant loin, ne fait pas partie des hôtes du mercredi. Occasion parfaite pour mieux connaître cette nouvelle amoureuse qui prend tout juste ses marques dans la famille.

On en est venu à la généalogie, sans doute par ma faute, c'est un de mes passe-temps. Et puis le 8 mai, c'est un jour de mémoire.

«Tes ancêtres, tu sais d'où ils venaient? Et ce qu'ils faisaient?» Réponse floue, Bourgogne, Franche-Comté, Haute-Saône, Haute-Marne... une cousine a essayé... mais notre patronyme est rare. Je crois qu'ils étaient meuniers.

«Je peux t'aider si tu en as envie. Tu connais le nom de tes grands-parents et leur lieu de naissance?» Justement non, mon grand-père paternel c'est flou, ma grand-mère s'est mariée plusieurs fois...

Il y a aussi des histoires avec l'Algérie, «des gens qui sont partis en Algérie?», c'est flou, c'est loin. Et qui n'a pas un bout d'histoire avec l'Algérie?

C'est plus fort que moi, quand je sens qu'il y a quelque chose derrière la porte, j'ai envie de regarder. Ma petite machine à enquêter se met en route et j'ai envie de savoir. Les autres aussi ont envie de savoir, partagés entre la crainte et la curiosité, la fidélité au récit lacunaire des parents et le désir de connaître ce qui s'est perdu au fil du temps. C'est dangereux, je le sais. J'en ai fait l'expérience. Fouiller dans les histoires de famille, c'est comme utiliser de la dynamite en amateur.

Bingo, patronyme rare, mais deux arbres bien fournis figurent déjà sur le site de généalogie en ligne dont j'utilise les services et chance supplémentaire mon interlocutrice y figure nommément (mystère des données mises en ligne). Alors je fonce, c'est plus fort que moi.

D'abord retrouver un point fixe où la famille se serait établie pendant un temps. Parcourir les registres de plusieurs communes dans plusieurs départements (alors qu'aucun système de classement ne se ressemble) est fastidieux. Ces gens ont bougé, se sont mariés ici, ont fait leur premier enfant là, mais le deuxième ailleurs et le troisième encore plus loin. Pas de grandes distances souvent, mais des communes différentes. Mes prédécesseurs en enquête sont des acharnés pour avoir si bien renseigné l'arbre de cette famille d'abord nomade avant la Grande Guerre, puis dispersée après.

Laferté sur Aube m'offre une halte. Le couple des arrière-arrière-grands-parents s'y établit en 1886 et jusqu'en 1950 il y aura un représentant de la famille à Laferté, l'arrière-arrière-grand-mère qui y mourra nonagénaire. Ils auront sept enfants en 20 ans, cinq garçons et deux filles. Le père meurt alors que la dernière n'a que trois ans. Tous les garçons font la Grande Guerre et le plus jeune n'en revient pas, fauché à 22 ans. Meunier, puis farinier, l'AAGP finit employé comme tourneur sur bois chez Thévenard l'industriel fabricant de porte-manteaux qui s'est établi à Laferté en 1893 sur l'activité d'un ancien moulin. Ses garçons y seront aussi employés avant de quitter Laferté et de se disperser et d'embrasser d'autres professions dont deux boulangers (Versailles, Nice, Saint-Just Saint-Rambert) ; le seul qui y vivra deviendra coiffeur après avoir été tourneur sur bois puis représentant de commerce, c'est aussi le seul dont le couple n'aura pas d'enfants. La fille aînée perdra son mari (de vingt ans plus âgé qu'elle) avant la naissance de leur premier fils et l'élèvera seule avec sa mère ; elles prendront en nourrice une fille de paysan qui a perdu sa mère à la naissance. Elle se remariera, mais n'aura pas d'autres enfants.

Contemporain de cet arrière arrière grand-père, un cousin au 6e degré, Alexandre, un colonel, fut massacré par les Kabyles en 1864, massacre qui fit grand bruit jusqu'à Paris tant le jeune Alexandre avait eu un comportement brillant et chanceux auparavant dans la conquête de l'Algérie. Son père tailleurs de pierre en Hte Saône s'était établi en Algérie où il était propriétaire d'un moulin à Tlemcen. Sa famille y a cru et prospéré au moins jusqu'à l'indépendance. Plusieurs rues et boulevards ont porté son nom en Algérie. Il est de sinistre mémoire en Kabylie où Boubrit (prononciation kabyle de Beauprêtre) était employé pour terrifier les enfants : il emportait sur son dos dans un sac, les têtes coupées.

Un petit-fils des arrière-arrière-grands-parents (celui né en 1918 qui avait reçu le prénom de l'oncle mort pour la France en 16) fut prisonnier en Allemagne en 1940 au Stalag IV B à Mühlberg sur Elbe (encore une histoire de moulin !).

L'entreprise Thévenard a fait faillite en 1981 et figure désormais à l'inventaire du patrimoine industriel de la Haute-Marne. Laferté sur Aube qui comptait 1000 habitants en 1880 n'en compte plus que 341 en 2016.

Derrière la porte, il y a 150 ans d'histoire de France. Celle des familles qu'on dit petite et l'autre, celle qu'on dit grande.

Un épisode peu connu de la vie de Casey Neistat

Rattrapeur d'eau verte en piscine n'est pas un métier, mais j'en ai fait mon job de vacances pendant toutes mes études secondaires à partir de la troisième. Tondre les pelouses, nettoyer les terrasses au karcher, promener les chiens, s'occuper des chats et des plantes aurait pu me rapporter de l'argent aussi, mes copains s'en contentaient dans le grand lotissement plutôt huppé où nous habitions. Nous n'avions à l'époque que nos jambes et nos vélos pour nous déplacer et la concentration d'un marché solvable était une condition nécessaire à l'exercice de nos activités. 400 habitations de cadres sup et autres professions libérales suroccupées et surstressés constituaient l'environnement idéal.

Un modeste site internet détaillant nos spécialités (avec nos photos et vidéos YouTube en action), des flyers dans les boites aux lettres avec nos numéros de téléphones portables avaient suffi à lancer notre petite entreprise. La chimie c'était mon truc et il suffit d'avoir vu un jour la tête désespérée d'un propriétaire de piscine dont le bassin ressemble à une mare à grenouille pour savoir qu'il ferait n'importe quoi pour retrouver le miroir des eaux cristallines qu'on lui a vendu.

Très professionnel, je commençais par un diagnostic, une liste de produits à mettre à ma disposition, et un devis d'intervention après m'être enquis du type de piscine (volume, carrelage ou liner), du mode de filtration utilisé (sable, diatomée, poche ou cartouches) et des pratiques d'entretien habituelles (mode d'hivernage, couverture ou non). C'est là que j'emportais l'affaire, le sérieux et l'absence de précipitation paient toujours. En fait, un constructeur local détenait pratiquement tout le marché et dans les cas les plus compliqués j'allais faire un tour chez son revendeur pour obtenir quelques conseils en prétextant les soucis de la piscine familiale. Nous étions vraiment au point mes co-entrepreneurs et moi, diagnostic et réseau de conseil gratuit (vétérinaires du coin, Gamm Vert, vendeur de tondeuses et de Karscher) ont fait notre succès grâce au bouche-à-oreille. Développer la confiance était notre credo.

Mais revenons à mon domaine de spécialité, la chimie des piscines. Il faut considérer l'eau des piscines comme un organisme vivant et la surveillance est essentielle après l'adjonction des produits et la mise en marche des systèmes de filtration. Une surveillance immobile qui laisse beaucoup de temps à d'autres occupations contrairement aux autres spécialités de mes potes. Le rêve, la lecture, la méditation, la musique et l'émerveillement devant les transformations qui s'opèrent qui n'est pas le moindre des bonheurs de ce « travail ».

À Pâques, lors des remises en eau après l'hiver, je n'avais guère de visite hormis celle ronchonne du ou de la propriétaire qui trouvait toujours que cela n'allait pas assez vite. Et parfois la pluie était de la partie et le froid. Il me fallait alors trouver un abri et ne pas oublier un bon équipement (je travaillais alors avec mes vêtements de ski et des bottes). En été c'était tout différent (les piscines tournent aussi en été), j'avais souvent la compagnie de baigneuses et de baigneurs réduits aux bains de soleil en attendant le retour de l'eau bleue. C'est là que j'ai fait la connaissance de Candice Pool (ça ne s'invente pas), jeune fille au pair qui est devenue ma femme. Nous venons d'acheter à Venice une maison avec piscine intérieure, un peu chère, mais vraiment très cool. Promis, le prochain vlog ce sera au bord du miroir.

Martha ose

« Martha ose », c'est le nom de la chaine YouTube que je viens de créer. Les success-stories des blogueurs, vlogeurs, instagrameurs commencent à me rendre verte de jalousie. Quand je pense que Virginia Wollf n'a vendu « To the Lighthouse » qu'à trois mille exemplaires (et encore c'était un succès en comparaison de *Mrs Dalloway*) !

Agathe Ruga, 13 000 abonnés à son compte instagram et publie son premier roman chez Stock *Sous le soleil de mes cheveux blonds* » ; la blanche de Gallimard sort *Licorne* le premier roman de Nora Sandor dont l'héroïne est une droguée des réseaux sociaux ; le président parle sur une chaine YouTube et le ministre de l'Éducation nationale a des contrats avec des youtubeurs (800 à 1000 € les 5 à 10 min de vidéo). Je n'ose même pas vous parler des stars qui engrangent des millions de vue pour quelques blagues ou moments de leur vie intime. Il est temps que Martha fasse entendre sa voix, ma voix. Martha ose.

J'ai balayé toutes les objections autour de moi (c'est trop tard, tu n'y arriveras pas, ce n'est pas de tout repos), suivi des formations (les 7 erreurs à éviter, comment augmenter son trafic, persévérer après un premier échec), acquis le matériel et les modes d'emploi (montage, capture d'écran, retouche photo). Quelques soucis avec le choix de ma thématique, mes centres d'intérêt sont si nombreux : de la botanique à la généalogie en passant par la lecture et la politique, j'ai opté pour la négation : « Martha ose » la chaine qui ne parle de rien qui fait le buzz. Il faut dire que même mon physique ne risque pas d'accrocher le chaland, j'ai donc décidé de me filmer de dos.

Dix abonnés ce matin, c'est un début ! Pour ma première chronique, j'avais choisi une mise en parallèle de *To the Lighthouse* de V.W. avec *Le temps retrouvé* de M.P. autour de l'influence de la Grande Guerre dans la vie des écrivains. La semaine prochaine, je tenterai un parallèle entre *Je ne l'oublierai jamais* de MD et *Sérotonine* de MH, deux manières d'afficher son désœuvrement dans le siècle, à un siècle de distance.

Personne autour de moi n'a envie de travailler, ils veulent tous être artistes, travailler à mi-temps tout en affichant un style de vie de millionnaires. Cela me tracasse, mais comment saisir les raisons profondes de cet air du temps d'individualisme et de succès facile. Me fascine aussi. Car maintenant, je les suis, ces blogueurs, vlogeurs, instagrameurs. Je passe mes journées dans la lumière bleue de mon écran en espérant la pleine lumière des projecteurs.

Le premier commentaire reçu m'a un peu refroidie. Je sais que ça balance beaucoup sur les réseaux sociaux, mais tant de haine m'a fait réfléchir. Jamais personne n'avait osé me dire cela en face ; que mettre « le temps retrouvé » au-dessus de « to the lighthouse » était une insulte au féminisme ; que l'apologie du sens politique d'une pédale dégénérée contre l'intimisme d'une femme qui avait payé son talent de la folie et du suicide, une ignominie ; qu'on se désabonnait de ma chaine pour ringardise pure et simple. Je suis en phase de réflexion avant de poursuivre.

Juin

La voix

Je me souviens

Lumière bleue

Une rencontre inattendue

St Barth

Je me souviens qu'elle avait une peur panique du vent. Dans la journée, ça la rendait nerveuse et cassante, et la nuit elle ne dormait pas. Nous ne couchions pas dans la même chambre, mais parfois elle faisait un tel raffut qu'elle me réveillait. Parlait-elle à quelqu'un ? priait-elle ? Je l'entendais entre le bruit les palmes qui frappaient mes stores et celui des rafales qui faisaient claquer des tôles au loin.

Le vent ce n'est pas tous les jours à St Barth, les ouragans non plus, heureusement. Du travail en plus, cela nous en donnait. À chaque accalmie, il fallait redresser les meubles de jardin emportés, balayer les feuilles, les branches et les pétales de fleurs qui s'accumulaient dans tous les recoins, passer l'épuisette dans la piscine ; tout cela avant de préparer le repas ! Berthille était l'employée à l'année d'un couple de retraités propriétaires d'une grande résidence, entre dame de compagnie, cuisinière et femme de ménage ; moi j'étais son aide, nourrie-logée, mais non rémunérée. Nous avions notre propre appartement dans leur résidence et chacune sa chambre.

Berthille m'avait recueillie à la marina : une transatlantique qui avait mal commencé pour moi. Je rentrais des Bahamas, en bateau-stop comme j'y étais venue, sur un voilier de 25 m quand le skipper avait considéré qu'il ne pouvait plus me supporter, incompatibilité d'humeur et aucun remboursement de ma participation à la caisse de bord puisqu'il ne prendrait pas d'autre équipier bateau-stoppeur. Autant dire que je n'avais plus un sou et juste l'espoir de trouver un peu d'aide chez une copine institutrice à Saint-Martin. Berthille cherchait une « stagiaire » comme elle disait, capable de faire un peu de ménage et de conduire pour aller faire les courses et promener ses patrons. Moi, ça m'allait, au moins jusqu'au moment où je trouverais un moyen de rentrer en France. Berthille, ça lui allait aussi, elle avait l'habitude des oiseaux de passage. C'était sa distraction, sa façon de découvrir le monde et de rencontrer des gens à qui parler. Sa façon de rester vivante, comme je l'ai compris plus tard.

Il faut dire que ses patrons étaient très très vieux, à peu près immobiles et pas causants du tout. Je crois qu'ils passaient leurs journées devant Netflix, climatisation réglée au maximum. Et St Barth est vraiment un coin de France où je ne conseillerai à personne de passer ses vacances. La plus grande attraction est à l'aéroport où les avions se posent et décollent au raz des flots, mais ça, tu le vois aussi bien sur YouTube, le bruit et le danger en moins. La vie est horriblement chère, mais vraiment, et les Américains super-riches envahissent tout. Rien pour moi qui n'aime que lire et écrire et dont le seul bien sur terre est un MacBookAir qui m'accompagne partout, avec son caisson pour les traversées.

Nous nous entendions bien Berthille et moi et le service nous laissait pas mal de temps libre, tous les après-midis et toutes les soirées après le repas, sauf si les patrons sortaient. Ils nous emmenaient toutes les deux et nous mangions à leur table, rapport à leur difficulté à se déplacer seuls, ne serait-ce que pour aller aux toilettes. Paradisiaque et lourd à la fois, mais ce n'était pas tous les jours, une fois par semaine tout au plus.

Les autres soirs, au bord de la piscine, peu à peu, Berthille me racontait sa vie par petits morceaux. Elle avait beaucoup voyagé un peu partout dans le monde, avait vécu au Canada, avait été championne d'échecs. Avant sa retraite, elle était professeure d'anglais. Avant sa retraite et avant l'ouragan. On n'allait jamais plus loin que l'ouragan. La voix de la patronne retentissait alors dans l'interphone. Il fallait les coucher, apporter les tisanes, brancher le dispositif anti-intrusion. Il m'a fallu plusieurs mois pour savoir ce que l'ouragan avait fait de la vie de Berthille et c'était infiniment triste.

St Barth (suite)

Le 1er juillet notre patron a fait un AVC. Quand Berthille lui apporta sa tisane de nuit, elle s'aperçut qu'il ne pouvait plus lever sa tasse, son bras droit ne répondait plus. Elle fut d'une remarquable efficacité pour prévenir les urgences. La lumière bleue de l'ambulance était à la porte de la propriété avant que nous ayons eu le temps de rassembler quelques affaires pour son séjour à l'hôpital. Il fallut compléter le lendemain pour son transfert à La Meynard en Martinique. Nous n'avions plus qu'à gérer sa femme et l'ouragan Arthur qui menaçait.

L'approche d'un ouragan a quelque chose d'irréel, il ne se passe rien, tout s'arrête comme en suspens. La salle d'attente d'un hôpital où l'on guetterait le réveil d'un proche. Le silence. La tension. La radio et la télévision égrènent leurs conseils de prudence, les gens font des provisions, arriment tout ce qui pourrait s'envoler pour les plus avisés ou ne font rien pour les fatalistes et les paresseux. Les rumeurs les plus folles et les plus contradictoires circulent et chacun espère échapper à la trajectoire fatale. Nous suivions la progression d'Arthur via internet sur le

National Hurricane Center américain :
St Barth serait-elle touchée ? Avec quelle force ? devrait-on craindre la montée des eaux ? Plus aucun oiseau ne chantait, plus aucun animal ne bougeait.

Je pensais que Berthille me parlerait de son ouragan, mais non. Tous ces soirs-là, elle me posa des questions sur ce qui me poussait à voyager. Je n'y avais jamais vraiment réfléchi. J'avais envie de voir le monde, de faire des rencontres, de goûter des choses différentes. Aucune de mes réponses ne la satisfaisait, elle enquêtait comme l'aurait fait un psy ou un policier ou bien ma professeure de philo de terminale dans un de ses exercices de maïeutique. Ses questions faisaient grandir mon malaise : quelles rencontres avais-je fait qui méritent tant d'effort ? Quels paysages avais-je vus si extraordinaires qu'ils marquent ma mémoire ? Qu'avais-je découvert de vraiment remarquable ? Rien ne me revenait à part les innombrables galères. J'aurais pu en parler pendant des heures de l'inconfort, des mésaventures, des mauvaises rencontres, des soucis d'argent, des blessures, des moustiques et des coups de soleil, de la solitude et même de la peur panique qui m'avait parfois étreinte. Pourtant je ne regrettais rien, mais je n'arrivais pas à l'expliquer. J'étais partie pour m'éloigner d'un amoureux trop lâche qui m'avait menti et je n'avais rencontré personne que moi-même et ma force de caractère, mon endurance, ma débrouillardise, mon courage. Une rencontre inattendue.

L'ouragan Arthur épargna St Barth, mais fit de gros dégâts à Saint-Martin puis poursuivit sa trajectoire jusque sur les côtes américaines avant d'aller mourir au large du Canada.

Voilà c'est fini, déclara Berthille sobrement. Peut-être que notre patron en réchappera lui aussi, le pire n'est jamais sûr, mais il faut s'y préparer.

J'en conclus, ce jour-là, que Berthille avait choisi St Barth, ses ouragans, ses vieillards et la modestie de son statut de domestique comme une préparation philosophique à la mort. Chacun son voyage.

Sur l'île déserte

Lorsqu'elle se retrouva seule sur l'île, lorsqu'elle vit la poupe du bateau s'éloigner, elle ressentit un petit pincement au cœur. Comme quand on voit s'éloigner la voiture d'amis rares ou lorsqu'on quitte une maison de vacances heureuses. Elle décida de marcher pour dissiper cette émotion maussade. Peu de pas suffirent à lui faire sentir qu'elle craignait ce qui pouvait surgir derrière elle ou du côté de la forêt. Des hauteurs de ces grands arbres, elle imagina dégringoler des bêtes menaçantes ou simplement un chien surgir de sous les taillis pour la dévorer. Elle décida de s'asseoir sur la plage et d'y rester.

Elle vérifia que son téléphone et ses batteries de rechange étaient toujours dans son sac à dos. Son reportage Instagram restait son souci principal et elle entreprit de réaliser un panoramique pour situer l'aventure pour ses followers, à hauteur des yeux d'abord, puis en visant l'immensité du ciel qui, soit dit en passant, commençait à se couvrir de nuages. D'où verrait-elle mieux le coucher du soleil ? Elle s'aperçut qu'elle n'avait aucune idée de l'endroit où se situait l'Ouest et qu'elle n'avait pas de carte et encore moins de connexion à Google Maps.

Cela commençait mal. Elle entreprit de faire quelques photos des bords de l'eau, des tout petits poissons qui filaient sous la surface, se cachaient sous les pierres en soulevant un peu de boue et de ces longues traînes de plantes aquatiques qui remontaient à l'air libre pour fleurir. Ce n'était pas vraiment exotique et ne donnait pas tellement envie de plonger. En vérifiant ses clichés, c'est surtout son visage qu'elle vit. La contre-plongée ne l'avantageait pas, mais surtout elle s'étonna de voir combien elle avait vieilli, elle qui, regardant sous l'eau, avait cru retrouver ses sensations de pêche enfantine et sa frimousse de gamine.

Elle fit un selfie souriant de son bon profil pour se redonner du courage. Le soir tombait, elle voyait le soleil disparaître derrière la forêt. Tant pis pour le cliché du coucher de soleil, elle aurait au moins celui du petit matin, même s'il fallait marcher longtemps le long du rivage. S'installer pour la nuit, manger un peu devinrent ses principales préoccupations. Cela lui fit du bien de grignoter les barres de céréales et le chocolat qu'elle avait apportés, mais c'est surtout la bouteille de vin qui la réconforta. Elle n'eut pas le courage d'installer le réchaud pour se cuire une soupe ou réchauffer un bolino.

En s'allongeant, elle fut inquiète de tout ce qui pouvait remonter des profondeurs du sol, insectes et vers, animalcules gluants qui préféraient sûrement la fraîcheur du soir et la lumière de la lune. Petits rongeurs qui courraient sur la grève, oiseaux, couleuvres, rampants de toute sorte dont rien ne la protégerait. Heureusement, elle s'endormit et le houhou des hulottes la berça plus qu'il ne l'effraya.

Elle dormit mal sur le sable humide parsemé de cailloux. Elle aurait tant aimé déjeuner d'un peu de rhum comme Robinson Crusoé. Elle se rabattit sur les amandes et les pruneaux qui lui restaient. Le lever du jour la rassérénait, les chants d'oiseaux, les lueurs dans le ciel et même la senteur de l'eau si fraîche et cette toute petite brume qui flottait au-dessus. Même les sauts des grenouilles ne l'effrayèrent pas, ni le grand héron qui vint se poser à quelque distance. Elle aurait aimé être Ulysse, tout sale et tout poilu, pour entendre les cris de frayeur des compagnes de Nausicaa. La peur changeait de camp. Tout était beau comme un matin du monde.

Juillet

Cette voix qui me guide

L'adresse est claire : 50 rue du disque, 22e étage, dernière porte à gauche en sortant de l'ascenseur, M. Nguyen The Thien. C'est simple d'aller chez mon psy, mais j'habite Epinay-sur- Orge et venir à Paris en voiture est toujours une aventure redoutée. Le GPS m'indique que je dois sortir de l'A6 à la porte d'Italie, prendre le périphérique jusqu'à la porte d'Ivry, puis l'avenue d'Ivry. La rue du disque est sur la droite, je dois la suivre jusqu'au bout. Le 50 a l'air de donner sur l'avenue d'Ivry, la rue du disque doit être en sens unique. Avant, j'avais honte d'employer le GPS. Depuis que j'ai vu un reportage sur les taxis de Taipei qui avouent ne rien faire sans GPS, je suis désinhibée.

Le GPS, il a fallu que j'apprenne à m'en servir, mais maintenant ça va. Apprendre à ne pas mettre le téléphone sur silencieux (sinon pas de guidage), à avoir une idée plus précise des distances (sinon je rate les changements de direction) et surtout à avoir confiance dans cette voix qui me guide. J'ai essayé Waze, mais je suis revenue à Google Maps, pas besoin de tous ces itinéraires alternatifs, des alertes de dépassement de vitesse et autres joyeusetés. Je conduis prudemment et surtout lentement. Et puis j'aime la prononciation de la petite voix qui est parfois si exotique.

Paysage de tours à gauche, au loin, à droite tout juste tempéré par un grand bâtiment de pierre et de briques, très élégant avec ses hautes verrières, juste au début de l'avenue d'Ivry; ça sent la réhabilitation réussie de bâtiments industriels. Ne faut-il pas que je pense à chercher une place? Livraisons (il y a déjà quelqu'un dessus), autolib, velib, payant (il y a de la place, mais de l'autre côté), je continue. «Dans 50 m, tournez à gauche dans la rue du disque», «tournez à gauche dans la rue du disque», j'obtempère. En face de moi, deux trous noirs : un sens interdit qui s'enfonce sous le panneau Exo Cash and Carry Produits exotiques gros 1/2 gros et la rue qui fait un coude et file en pente sous la terre, chichement éclairée de néons. A l'entrée une profusion de panneaux : Interdit aux piétons, allumez vos feux, hauteur maximale 3,5 m produits explosifs interdits interdiction de stationner, remorquage si stationnement intempestif.

On dirait une entrée de parking, mais c'est une rue souterraine, un tunnel. Ça tourne encore, je croise un piéton, un autre piéton. Il y a des entrées de parking, des poubelles, des panneaux réception avec des places de parking dans un élargissement de la rue, des rails, un panneau sortie avec une flèche, la rue se termine, des tags, l'entrée d'un temple chinois, des poubelles. «Votre destination se trouve sur la droite» je suis de nouveau dans l'avenue d'Ivry, soleil, soulagement, éblouissement. Mon psy doit être dans cette tour, juste là au 50 rue du disque. Pourquoi m'avoir donné cette adresse souterraine?

Une place, payante, tout près, je la prends. On accède au hall d'entrée par des escaliers ou un escalator (en panne). Six ascenseurs, trois pour les étages jusqu'au 15e et trois pour les étages du 16e au 31e. Pourquoi ai-je choisi ce psy, moi qui ai le vertige? Avec en plus un accès par les souterrains? Long couloir, au moins dix portes. Je sonne à la dernière, à gauche en sortant de l'ascenseur. «Vous aviez rendez-vous?». Oui, dis-je, avant de m'effondrer en pleurs.

Légumes anciens

Il fut un temps où ma tante s'était prise d'un goût immodéré pour les légumes anciens. Elle avait déjà eu sa période sans gluten, lait facile à digérer, légumes fermentés et kéfir, diète aussi. Maintenant les légumes oubliés s'ajoutaient à la panoplie ; concernant la diète, elle en parlait beaucoup, mais au moins ne nous invitait pas à diner pendant ses semaines de vie ascétique.

J'aimais beaucoup ma tante qui n'était pas seulement une idéologue, mais aussi une expérimentatrice honnête. Elle avait par exemple abandonné la consommation du cresson en apprenant que son producteur local nettoyait ses cressonnières au glyphosate en fin de période végétative. Rapide et sans déchet. Elle cultivait désormais le pourpier (avec des graines achetées chez kokopelli) et nous en vantait les mérites : richesse en oméga 3, en vitamines, sels minéraux et mucilage (à effet épaississant et coupe-faim). Les salades de pourpier (cru ou cuit) et le pourpier au vinaigre (qui ressemble un peu à la salicorne) remplaçaient agréablement la tarte à la bourrache ou la roquette un peu dure que lui rapportait parfois un ami vénitien qui la cultivait sur l'île de la Giudecca dans un jardin social.

Il y a des merveilles de goûts à redécouvrir dans les rutabagas, les panais, les topinambours. J'appréciais moins la livèche, l'arroche et l'ortie, mais j'adorais l'ail des ours et le kimchi en accompagnement. Ma tante savait aussi raconter et nous faisait voyager dans le monde et dans le temps. Sa mloukia rapportée en poudre du Liban savait nous ravir et nous emportait loin, très loin, bien plus que l'épinard ou l'oseille de nos contrées. Bien sûr, il fallait avoir l'estomac solide et tous ceux qui supportaient mal fibres et fodmaps (sucres fermentescibles *Fermentable Oligo-, Di-, Mono-saccharides And Polyols*) ne pouvaient céder sans risque à ce régime. Ma tante leur conseillait alors de travailler sur leur microbiote, en introduisant progressivement ces merveilles de la nature qui avaient nourri l'homme pendant des siècles.

Nous ne courrions pas chez Mac Do en sortant des repas de ma tante, nous faisions plutôt une cure de yaourt (au lait de chèvre pour mon mari). Une de mes cousines, quant à elle, collectionnait les alertes toxicologiques liées aux alimentations trop naturelles, préparées hors des méthodes ancestrales : cyanure dans le manioc, polyphénols dans la farine de glands, perturbateurs endocriniens dans le soja. Cela donnait du corps à nos discussions autour des plats et c'était parfois aussi enflammé qu'un échange autour des insoumis, des gilets jaunes ou d'En marche, surtout lorsque le vin (bio) avait un peu échauffé les esprits.

La salade de pourpier ne faisait l'objet d'aucune suspicion scientifique quant à sa toxicité et les enfants avaient le droit de la remplacer par une banale laitue du jardin, ou des radis, selon l'époque. Car le grand clou des visites à ma tante résidait dans la découverte de son jardin potager et des leçons de botanique qu'elle y dispensait sous le regard passionné des poules tenues à distance par les grillages.

Si l'on n'était pas en période de récolte, elle nous faisait aussi l'honneur d'une visite du local qu'elle avait aménagé pour confectionner conserves et confitures : le tripode, les grandes bassines de cuivre, le stérilisateur, les bocaux vides et pleins de la marque Le Parfait avec leur rondelle orange à oreille et leur monture métallique à levier. Nous en emportions toujours une petite provision.

Ce temps-là est révolu et j'y repense avec émotion. Notre tante est morte après une terrible chute en montagne, un accident stupide lors d'une randonnée botanique. J'ai encore dans un placard un de ses bocaux dont le contenu est sans doute bien trop vieux, mais que je n'ose pas jeter.

La leçon du photographe

– C'est quoi autofocus ?

– L'autofocus c'est ce truc commode qui fait la mise au point à ta place, mets sur autofocus, sur AF et pas MF, et puis tu choisis entre S-AF ou C-AF, t'embêtes pas, prends S-AF pour les photos de paysage, c'est ça qui marche, C-AF c'est pour la vidéo quand tu suis un sujet, tu vois le collimateur qui clignote, c'est ça l'autofocus, c'est tout simple, tu mets la cible verte à l'endroit où tu veux mesurer la distance, où tu veux que ce soit net autofocus, c'est archi-simple, tu bouges la cible à la demande.

– Comment je fais pour bouger la cible ?

– ça dépend des appareils, regarde dans le menu autofocus, tu peux avoir confiance, ça marche mieux que ton œil, pas la nuit c'est sûr, mais la nuit, il faudrait que tu aies un pied, on verra ça plus tard la photo de nuit, d'ailleurs désactive le faisceau d'autofocus ça dérange et ça ne sert à rien, cherche dans le menu autofocus, tu vas trouver, c'est vraiment très pratique l'autofocus, plus jamais de photo floue, sur les appareils pro tu peux, non seulement modifier l'emplacement, mais aussi la taille de la zone d'autofocus, pas sur le tien, tu peux juste mettre priorité visage, la règle c'est ton collimateur d'autofocus doit être aussi large que possible et aussi petit que nécessaire, t'embêtes pas, tu l'as pas.

– *Ah si, j'ai ça aussi, ça s'appelle spot, pondérée, matricielle !*

– Non, non, tu confonds tout, autofocus c'est pour la distance, l'exposition c'est complètement différent, c'est la mesure de la lumière pas celle de la distance, tu peux choisir d'utiliser un ou plusieurs collimateurs, ya mesure spot, évaluative ou matricielle.

– *Mais c'est les mêmes collimateurs ?*

– Sur les réflexes Nikon et certains hybrides, mesure d'exposition et autofocus sont couplés, sur le tien je sais pas, regarde ton manuel à autofocus et exposition, t'as compris, c'est super simple, soit autofocus et exposition sont couplés, soit tu bloques ton exposition mesurée sur le collimateur central (bouton à mi-course et AEL) et tu vises avec ton collimateur d'autofocus, c'est pas compliqué avec de la pratique.

– *Merci, je te remercie du temps que tu me consacres, je débute, pour aujourd'hui je vais me mettre sur automatique je lirai le manuel à tête reposée.*

– C'est normal au début, tu apprendras vite, sauf que les manuels ils sont pas toujours bien traduits, dans peu de temps tu feras comme moi, en mode manuel avec mise au point manuelle, les modes tu connais, priorité vitesse, priorité ouverture, la sensibilité aussi, en fait tu sais tout ce qu'il faut savoir, la photo c'est juste trois choses ouverture du diaphragme, vitesse d'obturation et sensibilité Iso, tout le reste c'est des automatismes pour te faciliter la vie comme l'autofocus. Et puis tu sais la technique c'est pas le plus important, le plus important c'est ce que tu veux faire passer. En août, on ira faire de la photo de nuit sous une pluie d'étoiles filantes, tu verras ce sera génial, surtout apporte ton pied.

Août

La vieillesse

Le premier homme

L'eau se retire

Le concert

Premier baiser

Marée basse

La vague

Les cheveux blancs

Après bien des hésitations, atermoiements, reculades, elle cessa un jour de se teindre les cheveux et les fit couper plus court, pas trop quand même. Cela plut autour d'elle et l'encouragea. Au début les gens ne comprenaient pas :

– Tu es plus claire, ça te va bien le blond.

Elle expliquait la décision qu'elle avait prise en la qualifiant d'essai, d'expérimentation, de tentative. Décision était un bien grand mot pour quelque chose qui s'était fait comme ça, quasiment à son insu. Rien de définitif ou d'irrémédiable d'ailleurs, une heure suffirait à changer à nouveau de tête. Et puis, elle imaginait agrémenter sa blondeur nouvelle d'une mèche rose, une manière encore d'échapper aux cheveux blancs. La coiffeuse avait renchéri :

– c'est très à la mode, vous savez.

Elle avait elle-même constaté que sur la tête d'une quadragénaire ou d'une quinquagénaire, cela pouvait avoir beaucoup d'allure. Mais elle ne pouvait plus se raconter d'histoires, elle n'en était plus là. Elle avait dépassé la soixantaine et porterait désormais les cheveux blancs.

– Et puis vous pourrez toujours faire des mèches si ça ne vous plaît pas.

L'effroi des amies de sa classe d'âge qui n'arrivaient pas à franchir le pas la conforta. Elle avait du culot, elle gardait au moins cela de sa jeunesse. Mais, mais, il restait ce gros hic : dans la glace, elle voyait l'image de sa mère et cela elle ne le supportait pas. Les cheveux blancs que sa mère tenait à porter de plus en plus court à mesure que les années passaient. L'image de la vieillesse et de la mort.

Son mari était enchanté sans qu'elle comprît vraiment pourquoi; des raisons écologiques ou une petite revanche sur les trois ans d'écart d'âge qu'elle avait avec lui? Elle s'inquiéta aussi de la réaction de sa fille qui vivait à l'autre bout du monde et n'aurait pas suivi la transformation progressive. On sait bien que retrouver ses parents blanchis peut être une épreuve. Tous les romans vous le diront.

Et puis un jour bizarrement elle n'y pensa plus. Elle ne fut plus surprise en se croisant dans la glace, elle trouva même que ça la rajeunissait, son visage en était éclairé. On ne lui cédait pas plus la place dans le bus, la guichetière d'un musée dans lequel elle se rendit lui demanda gentiment dans quelle catégorie elle se rangeait en termes de tarifs, sans l'affecter d'office aux retraités et plus de 65 ans.

Elle avait les cheveux blancs, elle était vieille et la vie continuait.

Il ne restait plus qu'à faire un portrait ressemblant à sa nouvelle tête pour agrémenter son profil sur les réseaux sociaux. Même si beaucoup de gens mentaient avec leur avatar !

Elle avait déjà mandaté son amie photographe pour le faire, quand l'amie photographe se sentirait mieux et cesserait de traîner l'approche de la quarantaine comme un boulet trop lourd à porter.

Le premier homme

J'ai lu ce matin qu'un homme avait été avalé en entier par un python réticulé en Indonésie, qu'un Français avait été tué par un grizzli dans le nord-ouest du Canada et une famille attaquée par un loup dans un camping des montagnes Rocheuses et j'ai pensé au Premier homme, notre ancêtre qui devait faire face à toutes ces menaces et à bien d'autres encore.

Était-il plus prudent que nous ? Était-il moins confiant ? Était-il moins curieux que nous ? Aurions-nous aujourd'hui perdu tout sens du danger et cette peur qui devait sans cesse lui tenailler le ventre quand il marchait sans fin en quête de nourriture ?

Certains disent que nous avons abattu les forêts, dompté les rapides, arasé les montagnes, domestiqué et mangé les bêtes et que c'est bien normal qu'elles nous dévorent à leur tour.

D'autres disent que la fréquence des accidents autrefois rarissimes n'est qu'une conséquence de l'augmentation de la fréquence de nos expéditions, de notre avidité de nature et de photos sur instagram.

Qu'en penses-tu toi **Premier Homme** ?

Je ne l'ai pas entendu arriver, je l'ai vu devant moi. Il était là le premier homme. Il tenait en laisse un tout petit animal très poilu et m'a tendu une petite chose rose de ses immenses bras maigres. Ses ongles étaient si longs et si sales que j'ai eu beaucoup de mal à accepter ce qui me semblait être un présent. Je ne voyais pas ses yeux qu'il gardait baissés. Le tout petit animal poilu me reniflait prudemment, mais paraissait amical. J'ai mangé la minuscule fraise des bois et le premier homme a fait des petits sauts de joie. J'ai cru qu'il m'avait empoisonnée.

Il m'a fait signe de le suivre et s'est arrêté devant un trou dans le fourré. Il a détaché le tout petit animal poilu qui s'est approché du trou avec beaucoup de précautions, museau à terre. Nous sommes restés là longtemps, très longtemps. Moi je sursautais à chaque cri d'oiseau, à chaque craquement de bois. Le premier homme qui profitait de l'attente en s'épouillant les cheveux jetait alors un œil au petit animal très poilu qui s'était assoupi et reprenait son travail.

Cela dura tant et tant que j'avais mal partout et une terrible envie de bouger. J'aurais aimé prendre des photos, mais je n'osais pas me risquer à faire un geste. Ma position était si inconfortable que je me demandais comment je pourrais me relever pour fuir si un danger approchait. La nuit allait tomber et nous attendions toujours.

Le petit animal tout poilu dressa une oreille puis les deux et son échine se hérissa. Le premier homme d'une formidable détente s'abattit sur le lièvre qui sortait du fourré. Il le tenait par les oreilles en sautillant de joie, alors que j'arrivais à peine à bouger mes jambes ankylosées. Puis je sentis les très longs ongles du premier homme qui touchait mon épaule très doucement. Je hurlai de terreur.

« Toi, le matin, il ne faut pas te toucher ». C'était la voix frustrée de mon mari qui mit du temps à comprendre que je m'éveillais d'un cauchemar.

L'eau se retirait

*(Charlie m'a donné l'idée d'écrire une
histoire un peu déjantée, et voilà, c'est
sorti tout seul.)*

L'eau se retirait et elle perdait tout son sang. Elle devenait légère comme une bulle et flasque comme une plage à marée basse. Le petit garçon qui la ramassa la mit dans un seau malgré les recommandations de sa maman. «On ne ramasse pas ces cochonneries qui trainent sur la plage. Laisse ce vieux sac plastic tout dégoutant.» Lui, il voulait juste empêcher les poissons de mourir, car les poissons sont friands de ces sacs qu'ils prennent pour des méduses. Elle se sentait méduse, mais si le petit garçon l'oubliait dans le seau et allait se coucher, demain elle aurait perdu toute son eau et peut-être qu'alors elle serait morte. Il y avait au fond du seau du petit garçon des bêtes qui chatouillaient, qui pinçaient, qui piquaient. Il ramassait vraiment n'importe quoi, mais c'était un petit garçon consciencieux et rentré de la plage, il expertisa son trésor. Il la trouva à son goût et décida en cachette de sa maman de la mettre sous son oreiller; cela lui permit d'échapper aux piqures, aux griffures et aux pinçons des crabes et autres étoiles de mer qui trainaient dans le seau. Sous l'oreiller elle se remplit de plume et d'air du soir. Elle devint très douce et pelucheuse. Il la trouva soyeuse et décida de l'emporter partout avec lui. C'était un petit garçon qui adorait avoir quelque chose de doux dans sa poche pour le toucher quand il avait un peu peur et aussi pour le frotter sous son nez quand personne ne le voyait. Là, elle se remplit des larmes du petit garçon qui avait parfois du chagrin (et d'un peu de morve aussi, car son nez coulait quand il pleurait). Elle devint son doudou préféré, bien plus que cette autre peluche toute rose et gluante qu'il aimait avant elle. Elle était intriguée par cette peluche rose et gluante et quand le petit garçon dormait profondément elle s'en approchait pour comprendre ce qu'il trouvait à cette bizarre chose flasque et informe. À force de fréquenter la chose qui ressemblait à un blob, elle s'en remplit aussi un peu. Chez elle cela devint tout vert, d'un vert fluorescent qui plut bien au petit garçon, mais aussi à sa sœur qui le lui vola. Elle devint tellement un objet de dispute entre le frère et la sœur que la maman décida de la confisquer et de la cacher dans un placard. Elle sentit sa dernière heure arrivée. Mais pas du tout, car dans le placard, elle se lia d'amitié avec les araignées qui lui tissèrent une très jolie robe seyante et solide et la remplir de tous les animaux ailés qu'ils n'arrivaient pas à manger. On était en pleine période d'éclosion des moustiques et les araignées, même en faisant des réserves, n'y arrivaient pas. Elle se remplit tant et tant de bêtes ailées qu'un soir elle s'envola et le vent l'entraina sur la plage. Était-ce la plage d'où elle était partie ? l'histoire ne le dit pas. La marée montait et petit à petit elle se remplit de tout le sang qu'elle avait perdu et retrouva son aspect premier. Quand elle croisait le petit garçon et sa sœur elle leur faisait toujours un grand sourire et parfois leur offrait une glace en souvenir de leurs aventures. Ah oui, je ne vous l'avais pas dit, c'était une marchande de glace et je crois que l'aventure avait commencé un jour de canicule où tout son stock avait fondu.

Axelle tombe amoureuse

Depuis qu'un garçon de sa classe lui avait dit qu'elle ne savait pas embrasser, Axelle s'inquiétait beaucoup de ces histoires de baisers. Sa deuxième année de maternelle en fut gâchée et cela ne s'améliora ni en troisième année ni en CP. Elle en parlait avec ses amies, essayait de voir comment les acteurs faisaient dans les films, mais ses connaissances ne progressaient pas. Il y avait les dents qui la gênait et encore plus cette affaire de langue. En fait tout cela la dégoutait et elle ne comprenait pas pourquoi. Elle n'avait pas de mal à être léchée par son chien ou à embrasser sur le nez son chat, mais un garçon... Ah, non c'était trop écœurant ! Et puis les garçons étaient des êtres si répugnants et si peu intéressants. Il suffisait de les voir à la cantine ! Elle termina ses classes primaires, bien persuadée qu'ils ne l'intéresseraient jamais. Sa meilleure amie était du même avis qu'elle.

Elle entra au collège et sa vie changea. Elle se mit à chercher des vidéos sur YouTube sur toutes sortes de sujets : comment se coiffer, se maquiller, s'habiller et, quand même, comment embrasser ? Ne serait-ce que pour confirmer que cela ne la concernait pas.

En troisième, une nouvelle amie lui expliqua qu'elle était asexuelle. Axelle avait trouvé sa voie : elle serait asexuelle ! c'était original ; le mot était joli et un peu mystérieux et elle l'utilisa beaucoup au collège et en famille sous le regard sidéré de ses parents et de ses professeurs.

En rentrant au lycée, elle en fit même un étendard et avec quelques autres filles de sa classe elles formèrent le clan des asexuelles où d'ailleurs des garçons vinrent les rejoindre. Des garçons intelligents, sensibles et beaux. Les asexuels (prononcer Asex) étaient connus pour leurs tenues et leurs occupations, mais surtout parce qu'ils se tenaient rigoureusement à l'écart des autres qu'ils considéraient avec mépris, bien persuadés de l'incontestable supériorité que donne une plus subtile compréhension du monde. Au fil du temps, avant d'arriver en terminale, quelques membres du groupe firent lamentablement défection, emportés par l'amour comme ils disaient. L'Amour avec un grand A les avait pris par surprise et on devinait que certains avaient déjà dépassé le stade du premier baiser ou même des milliers de baisers.

Axelle restait ferme dans son vœu d'asexualité et ne cédait rien de ses ardeurs militantes. Elle adorait sa vie débarrassée de tous les soucis d'amour qu'elle voyait autour d'elle, ces mesquineries, ces cachotteries, ces chagrins et tous les misérables secrets qui entouraient les histoires d'amour. Sans compter cette soumission avec laquelle les filles se conformaient aux désirs des garçons, soumission qui touchait parfois quelques garçons devenus les véritables jouets des divas du lycée.

Elle avait trouvé en Raoul un soutien indéfectible et valorisant. Raoul était beau, des yeux verts immenses et troublants, la juste taille, ni trop grand ni trop petit, les muscles comme il fallait, sportif, mais pas trop, intellectuel, mais pas trop et par-dessus tout une nonchalance naturelle en toute circonstance. Raoul n'avait qu'un seul défaut : il se rongeait les ongles, mais Axelle le lui passait aisément.

L'émotion que provoquait en elle la proximité de Raoul ne l'alerta pas et c'est tout naturellement qu'elle se retrouva un jour à lui quémander un premier baiser.

« Malheureusement Axelle, tu sais, je préfère les garçons. Je suis désolé. »

Ainsi débuta le premier chagrin d'amour d'Axelle, l'asexuelle.

Septembre

Calme

Avant internet

Rouge

Parler tout seul

Aspiration au calme

Une voisine m'annonce par mail que le 19 un élagueur viendra couper le grand cèdre qui est au fond de son jardin. « Fini les aiguilles dans la piscine ! » écrit-elle. Le 21, elle et son mari fêteront leurs vingt ans de mariage et m'invitent à l'apéritif dans le même mail. C'est une mauvaise idée, mais je ne sais comment le lui dire.

Cette nuit je cherchais vainement le dossier où je devrais consigner mes projets pour l'année suivante, des projets qui justifieraient la poursuite de mon contrat de travail. Rien ne venait et en plus je ne trouvais pas le dossier. J'imaginais quelque chose autour de collaborations à nouer avec des organismes dont je ne retrouvais plus le nom. Mon patron m'aimait bien et était patient, il savait que je traversais une mauvaise passe avec le départ de mon mari, mais je savais aussi que cela n'aurait qu'un temps. Je ne baissais pas les bras, mais rien ne venait.

J'étais pleine d'une sensation d'urgence, de chaos et de maigre estime de moi. En temps normal et si j'avais retrouvé le dossier, j'aurais été capable d'imaginer des alternatives séduisantes et prometteuses à mes misérables réalisations antérieures. Mon inefficacité me confondait et révélait ma vraie nature.

Au réveil (car ce n'était qu'un cauchemar), j'ai tenu à garder longtemps cette sensation marécageuse.

Tout était faux, mon mari était près de moi, je n'avais aucun dossier à trouver et rien à justifier pour la poursuite de mon emploi. Je jouissais de ma peur. Les rêves sont là pour expulser nos terreurs enfouies.

J'ai recherché le mail de ma voisine. Il était toujours là dans ma boite de réception. Fallait-il y répondre ou bien me réjouir comme tout le monde que les aiguilles ne tombent plus dans la piscine et aller boire à la santé de la mort de l'arbre ? Moi aussi j'ai fait couper il y a quelques années un grand peuplier que mon mari détestait et qui envoyait au printemps un duvet cotonneux dans tout le quartier. C'était un peuplier femelle. J'ai mis très longtemps à me débarrasser des repousses qui envahissaient la pelouse. Tous les voisins me témoignent une grande gratitude pour l'abattage de cet arbre à chaque fête des voisins.

Nous avons planté un tilleul à sa place, et même un tilleul spécialement dédié à une petite Alice née au Canada chez des amis de notre fille. C'était le cadeau de naissance qu'ils souhaitaient. « Plantez un arbre pour Alice », disait leur faire-part de naissance. L'année qui suivit fut très sèche et l'apex mourut. Ce qui devait devenir un grand tilleul qui parfumerait nos étés n'est plus qu'une petite touffe verte qui survit à un mètre du sol ; le tronc grossit, mais les branches ne se déploient pas. Mon mari l'arrose avec patience, la patience du jardinier me rappelle-t-il, qualité dont je suis dénuée. Je n'ai rien dit aux parents d'Alice non plus.

Hier, le cours de Qi qong m'a fait un effet inattendu. En rentrant, j'avais très faim et j'ai fait une longue sieste. J'ai regardé ensuite une vidéo immersive d'Hugues Cormier « méditation avec campagne et ruisseau » (avec la souris on se promène à 360° au bord du ruisseau). C'est un psychiatre qui enseigne à la faculté de médecine de Montréal. Je me demande si nous ne faisons pas fausse route dans notre aspiration au calme.

On ira faire le jardin

En pensant à Filo et Antonio,

La maîtresse a demandé aux enfants de faire un exposé sur comment c'était avant internet. Hugo est en CM1, il a neuf ans et ses parents ne savaient pas lui répondre. Son père lui a juste dit qu'au début c'était cher et qu'on ne pouvait pas rester longtemps devant l'ordinateur, car ça empêchait de téléphoner.

« Va demander à Mamie, elle saura te dire. »

Mamie, c'est moi et j'ai été obligée de chercher dans mes souvenirs. Cela me semble si loin.

– Je me rappelle mon premier ordinateur. Il était transportable, mais énorme et lourd comme un gros cartable et il fallait taper des commandes, il n'y avait pas de menu. On avait des disquettes.

– tu pouvais envoyer des photos ?

– je ne crois pas. C'était juste pour écrire. Pour les photos, on avait des pellicules qu'il fallait faire développer dans un laboratoire. Ah oui, je me souviens, le premier appareil photo numérique, je l'ai offert à ton grand-père en 2001. Tes parents ne se connaissaient pas encore. Ton papa avait seize ans et ta maman onze ans.

– et tu avais un téléphone portable ?

– Ah oui depuis 1998, je m'en souviens très bien. Il était gros comme un petit appareil photo de maintenant et argenté avec un rabat qui glissait pour protéger les touches. Après, il sont devenus de plus en plus petits. Et puis après sont venus les smartphones tout plats, j'ai eu mon premier quand j'ai pris ma retraite en 2011 un Samsung.

– mais Mamie tu devais t'ennuyer avant ? tu n'avais pas de jeu, pas de YouTube, pas d'instagram, pas de musique

– Je ne me souviens pas, ce qui était difficile, c'était quand les gens étaient à l'étranger de ne pas pouvoir les appeler. Après on a eu les mails, mais c'était bien avant whatsapp, vers 2000 quand ton oncle était en Allemagne. On envoyait des lettres ou des cartes postales. Et puis j'aimais bien lire des blogs quand j'avais du temps au bureau.

– Tu crois que c'est mieux maintenant ? Parce Papa dit que tout pourrait s'arrêter si les connexions étaient détruites et s'il n'y avait plus d'électricité. Moi, des fois cela m'empêche de dormir quand je pense qu'un jour il n'y aura peut-être plus ni ordinateur ni téléphone portable. Papa dit qu'il faut s'y préparer, tu y crois toi Mamie ?

– ça m'énerve quand ton père dit des choses comme ça pour vous faire peur. Si, au moins, il pouvait arrêter de consulter son portable quand il est à table, il se ferait peut-être moins de souci.

– mais c'est pour son travail, tu sais. Il dit qu'il a besoin d'être toujours connecté au cas où son patron l'appellerait.

- Et bien si tout s'arrête, on pourra faire des promenades, faire des gâteaux, faire le jardin et on jouera aux cartes. On jouait beaucoup en famille avant, tu sais et puis on regardait la télévision tous ensemble. On n'avait qu'un seul poste et pas chacun son écran avec son compte Netflix. J'aimais bien avant aussi.

- mais Mamie, tu passes beaucoup de temps devant ton ordinateur toi aussi et sur les réseaux sociaux avec tes copines Facebook et tes montages photo. Papa dit que c'est parce que tu as peur d'être dépassée.

- Il n'a pas tort. C'est pour ça que j'aime bien en parler avec toi pour me tenir au courant. Tout est allé si vite ; mais lui devrait lire un peu plus s'il a peur de s'ennuyer. Sais-tu qu'il y a plus de livres que tu ne pourras jamais en lire dans toute ta vie ? Tue ne risques pas de t'ennuyer.

- mon copain Guillaume, il dit que vous les vieux, vous êtes moisis, dépassés.

Octobre

Le train

Histoires de femmes

Ouragan

Un air de musique

Lozanne-Paray-le-Monial et retour

(En pensant à Effervescence, et sans savoir que
la réalité serait pire : grève surprise des
conducteurs de trains)

Elle avait proposé de programmer une excursion en train qui, sur une demi-journée, offrait de multiples plaisirs. La ligne choisie possédait dix viaducs, onze tunnels et des pentes de 9 à 10 % pour un trajet de seulement 95 km : c'était un tronçon de la ligne historique ouverte en 1895 Paray-le-Monial–Givors. Des paysages variés et, au terme, une basilique du XIIe siècle. Elle fonctionnait toujours (pas seulement pour les touristes) et il y avait de quoi raconter. Parfait pour une petite association culturelle qui prisait l'histoire et la nature.

L'organisation du voyage devint vite un chantier complexe dans cette association gérée par un collectif, idéologiquement rétif à toute règle formalisée. Fonctionnement collectif équivalant à absence d'interlocuteur. Passons ! Le second souci vint du trajet proprement dit : une fois dans le train, impossible d'apprécier les ouvrages d'art... les ouvrages les plus remarquables : viaduc de Mussy (561 m, 60 m de haut, inscrit au titre des monuments historiques), Viaduc de Villon (141 m), de Gothard, de Montveneur (104 m) et même le viaduc de la boucle où la voie décrivait un cercle complet, d'abord en tunnel puis en viaduc surplombant son propre parcours, tout cela disparaissait pour le confort du voyageur grâce aux savoir-faire des ingénieurs, vite et sans secousse. Le responsable à qui elle s'en était ouvert lui avait sèchement répondu « ce n'est pas un manège ». Restait le paysage passionnant, franchissant les monts du Beaujolais, des vignes aux forêts, pour aborder la Bourgogne et ses gras herbages parsemés de vaches blanches ; malheureusement le groupe avait pour instruction de pique-niquer dans le train pour ne pas prendre de retard et visiter sereinement la basilique, le musée et le centre-ville. Personne ne leva le nez de son sandwich.

L'engouement du XIXe siècle pour les chemins de fer, la multiplication des lignes, des tunnels, des ponts et des gares, les investissements considérables pour partie privés, mais assortis d'obligations garanties par l'État, c'est tout cela qu'elle aurait voulu partager. Donner un peu de recul, de perspective sur la difficulté de programmer des aménagements collectifs sur le long terme. Faire réfléchir. La satisfaction d'avoir suivi les règles du pique-nique écologique suffit au groupe en termes de prise en compte des grands enjeux et de prospective. Ils en restèrent aux considérations sur l'abandon des petites lignes par la compagnie des chemins de fer, à la gêne qu'ils en ressentaient (bien que ne prenant jamais cette ligne) et au misérable état de leur pays jadis si grand.

La pluie se mit de la partie pour la visite guidée et rares étaient ceux qui avaient un parapluie ou un imperméable. La moitié du groupe se réfugia dans l'unique café ouvert, « café dont ils avaient bien besoin n'ayant pas pu le prendre dans le train ». Les amateurs de vieilles pierres furent cependant ravis. « Quelle belle époque que ces XIe et XIIe siècles français ! Ils avaient le sens du sacré. » Comme le disait Henri Vincenot dont elle avait confié à chaque participant le chapitre relatant son propre voyage sur la même ligne.

Le retour se faisait en car et comme toujours le groupe était incomplet au moment du départ. Le chauffeur patienta, puis céda aux réclamations des autres passagers. Le car partit laissant trois égarés et l'accompagnatrice excédée, mais professionnelle.

Tard dans la soirée, je reçus un coup de fil et acceptai d'aller chercher, de nuit, ce joli monde à Paray-le-Monial, par la route.

Le chat Osmo

Depuis que la municipalité avait changé le plan de circulation du quartier, j'empruntais la rue des îles. Le chat Osmo trouvait la modification à son goût et passait de grands moments couché au milieu de la voie. Cela m'amusa au début puis me lassa. Je cherchai son propriétaire pour l'avertir du danger. La jeune femme qui sortit de son coquet jardinet de ville me prit de haut, ramassa son chat et marmonna qu'elle ne supportait plus les voitures et que la ruelle était réservée aux résidents. J'aime les animaux et j'acquiesçai un peu penaude. Ce chat serait mon rappel à la lenteur, mon chat zen et chaque matin je ralentirai pour lui laisser le temps de se lever, se déplier, s'étirer avant de me laisser la place. Je m'efforcerai même de m'abstenir de klaxonner. Plusieurs semaines se passèrent ainsi, puis vint l'hiver et le chat disparut.

Des mois plus tard, je trouvai la ruelle barrée et couverte d'affiches appelant à retrouver le chat avec photo et numéro de téléphone portable. La jeune femme, toute vêtue de noire, montait la garde près du barrage et reconnaissant ma voiture me somma d'en sortir et de lui rendre son chat. Face à une personne en crise, inutile de s'énerver ! Je la suivis d'assez bon gré jusqu'à la mairie pour plaider mon innocence. L'accueil fut frais, je n'avais aucune raison d'emprunter cette rue dans laquelle je n'habitais pas. C'était écrit sur le panneau « réservé aux riverains ». Je n'étais pas riveraine, j'étais en tort et passible d'une amende.

L'autre glapissait toutes griffes dehors :

– elle a volé mon chat, elle klaxonnait chaque fois qu'elle le voyait, peut-être l'a -t-elle tué ? Un chat si doux, si paisible qui ne faisait que vivre. J'essayais de rester calme, mais je commençais à m'énerver sérieusement :

– C'est ubuesque, Madame m'accuse sans preuve, je ne suis pas la seule à emprunter cette ruelle et ce chat a peut-être choisi une autre maison, s'est enfui, est mort de sa belle mort, que sais-je ?

L'agent de la mairie conclut que je recevrais l'amende chez moi. Je donnais mon adresse et filai.

Une convocation arriva par la poste quelques jours plus tard. Une information judiciaire était ouverte à mon encontre pour maltraitance sur le chat Osmo ayant entrainé la mort. Le chat avait été retrouvé agonisant, dissimulé dans une poubelle. La propriétaire avait fait pratiquer une autopsie et des analyses. Osmo avait été empoisonné. Le poison est typiquement une arme de proches. Je croyais que ma qualité de non-riveraine allait me protéger et j'en fis amplement mention à l'avocat que je contactai. L'affaire était plus sérieuse que je ne le croyais, la propriétaire avait porté plainte et s'était constituée partie civile et je pouvais être condamnée au pénal pour maltraitance sur animal. J'étais abasourdie.

Comment un changement d'itinéraire, la rencontre d'un chat plutôt sympathique et le mépris amusé avec lequel j'avais traité sa propriétaire m'avaient-ils amené là ? L'avocat tenta de me rassurer, tout en trouvant très gênant que je sois nommément accusée.

J'en perdis le sommeil. L'enchainement de causes dérisoires et le facteur humain conduisent parfois à des conséquences démesurées. Demain, je serai au tribunal et mon avocat m'a déconseillé de prononcer des mots comme « histoires de bonnes femmes » ou d'accuser la plaignante de délire ou de folie.

C'étaient pourtant de bons marins

(dédiée aux marins d'Octobre que je suivais sur leur blog aupont9.com/tour transatlantiquenord)

C'étaient pourtant des marins aguerris! Qui n'avaient peur ni de la grosse mer ni des mouillages aventureux. Leur bateau s'appelait Octobre et en bons disciples de Lénine, ils en étaient très fiers.

Partis de Pontrieux le 9 septembre, ils étaient déjà en Casamance fin octobre après de longues escales aux Canaries. C'étaient de bons marins! Des grincements dans la barre les avaient inquiétés, mais l'escale à Tenerife et un bon graissage avaient mis fin à leurs soucis.

Ils manœuvraient bien et prudemment (jamais de vent arrière ou de spi pendant les quarts de nuit), maîtrisaient bien les hauts fonds avec sondeur et cartes, connaissaient les dangers des usages indigènes (pêcheurs aux immenses filets planqués dans leurs pirogues sans lumière, balisages autochtones). C'étaient d'excellents marins équipés, expérimentés et cultivés.

Remonter le fleuve Casamance à la voile fait partie de ces choses que l'on se doit d'avoir faites au moins une fois dans sa vie (tous les marins vous le diront), l'étape obligée d'une transatlantique buissonnière. Ce petit goût sauvage de la terre d'Afrique qui fait rêver et un peu pleurer (avec les crocodiles)

Ils en étaient donc là, à remonter le fleuve Casamance au moteur, par 45 °C et en l'absence de tout vent, lorsque le moteur les lâcha (surchauffe). À la dérive au milieu des pirogues, ils mouillèrent au petit bonheur la chance. Nouveau souci en reprenant la route vers Ziginchor, le guindeau électrique rendit l'âme pour des raisons obscures. Il y a des équipements qui ne sont pas faits pour les chaleurs extrêmes !

Ce n'était pas si grave, on peut remonter son ancre à la force des biceps ! Cela ne faisait pas peur à quatre gaillards bien bâtis, mais en marins prévoyants, ils commandèrent l'objet en Angleterre pour se le faire livrer à Ziguinchor.

Et l'attente commença. Très active au début, il fallait prévenir les amis qui avaient pris leurs billets pour les Antilles et les Amériques qu'un léger retard serait à prévoir, il fallait aussi raconter ses déboires aux autres plaisanciers, comparer les expériences et en rire (c'est ainsi que se forge l'expérience des marins) et puis découvrir les spécialités locales et regarder les filles aux belles cambrures.

Tout cela va un temps, mais le tiep, le poulet yassa, le mafé même arrosés de bière, vient un moment où vous ne les supportez plus, votre estomac les refuse et votre nez même, n'en peut plus de ces odeurs de bois qui brûle et de nourriture trop grasse.

Restent les bières, consommées pour se désaltérer, se rafraîchir, puis doucement pour oublier que vous êtes à Ziguinchor depuis plus de quinze jours, comme des cons et qu'il n'y a plus que les dauphins que cela amuse encore.

Alors viennent les suggestions, les hypothèses, les alternatives, les discussions à n'en plus finir sur la meilleure manière de sortir de ce trou à rat. Finie la gamberge exotique sur « Délivrance » ou « la 317e section », vous êtes avec Conrad *Au cœur des ténèbres* et vous vous demandez si la déraison ne guette pas vos compagnons. Finies les images pour se faire peur, maintenant vous avez peur vraiment. Plus peur que des ouragans Lorenzo et Pablo qui agitent l'Atlantique depuis votre départ. Peur de vos compagnons de voyage, peur de la folie du capitaine, peur de la mutinerie de l'équipage, ces autres grandes angoisses des gens de mer.

Novembre

Utopie

Perdu

Mon pays

Le cimetière

Eugénie crée son emploi

Vous êtes un véritable expert des réseaux sociaux et voulez exposer au plus grand nombre vos goûts, votre mode de vie et votre personnalité ? Pas de doute, le métier d'influenceur est fait pour vous !
Diplomeo.com

Son licenciement économique fut signifié à Eugénie le jour où les règles de l'indemnisation du chômage changeaient. Son patron avait toujours eu le sens de l'à-propos ! Arguant d'un arrêt maladie, elle déclina son invitation à l'entretien de licenciement. Il n'allait pas en plus se payer sa tête !

Il était temps pour elle de mettre en œuvre le projet d'entreprise qu'elle mûrissait depuis longtemps, suite à un bilan de compétences et une formation au business plan. La conseillère de Pôle emploi se montra réservée, mais l'assura de ne pas trop souvent la relancer avec des offres d'emploi ; elle la classait en créateur d'entreprise, l'affaire était entendue.

Eugénie rentra chez elle et, sans traverser la rue, s'attela à l'activation de son réseau et à la construction de sa communauté sur Instagram et YouTube comme le lui avaient appris ses formations « comment devenir influenceur » et « comment vivre de YouTube » en 10 leçons et trois semaines. Cela avait bien écorné ses indemnités de licenciement, mais il lui en restait encore pour lancer la production. Si elle voulait profiter de la période des fêtes pour réaliser ses premières ventes, il ne fallait pas traîner.

Elle était sortie de sa zone de confort, il fallait entrer dans sa zone de génie. Elle avait sa niche et ses hashtags, il fallait passer à l'action.

Elle monta une dizaine de vidéos avec des rushes, des images et de la musique qu'elle avait en stock, programma leur publication tous les trois jours jusqu'aux fêtes de fin d'année. L'effet teasing était en place pour un produit qu'il fallait désormais concevoir pour être réactive dès les premières commandes.

Pour ne pas générer une concurrence déloyale, il est malheureusement impossible de dévoiler le produit d'Eugénie, mais sachez que l'idée est révolutionnaire, écologique et zen. Il s'agit de prendre soin de soi tout en respectant la planète.

La production commença seulement le 15 novembre, une grève des transports ayant retardé la livraison de matériaux indispensables. La grippe toucha ensuite la moitié du groupe de bénévoles familiaux qu'elle avait motivé pour l'assemblage des kits. Une grève des postiers retarda partiellement ses premiers envois.

En janvier Eugénie tira un premier bilan de son entreprise. Décevant, mais qu'on pouvait mettre sur le compte des difficultés de démarrage. Elle se creusa la tête pour inventer d'autres produits, pour d'autres niches encore inexplorées, décida de prendre un coach en marketing et rencontra Martial.

Martial lui apprit la chose la plus importante de la décennie : inutile de s'ennuyer à produire des choses, il suffisait de raconter des histoires, d'inventer des jeux, de rester dans le virtuel, mais d'y aller à fond. Martial l'assura d'un succès dans les 12 mois et se contenta d'un pourcentage de 20 % sur ses ventes. Elle toucherait ses indemnités de chômage plein pot pendant toute la période et accepta sa proposition.

Martial s'en mêle

Martial fut très ferme dès le début. Elle devait adopter une attitude positive et gagnante. Il fallait relooker l'appartement, changer de régime alimentaire et améliorer son look vestimentaire. Même un lifestyle d'artiste ne pouvait apparaître comme négligé dans l'allure comme dans le ton. Construire la confiance avec sa communauté reposait sur trois dimensions : authenticité, éthique, optimisme. Elle pourrait certes parler au début des raisons qui lui avait fait quitter son emploi, mais très vite il faudrait donner un tour enthousiaste à ses posts. Genre « elle sortait de son burn-out, c'était comme une nouvelle naissance, son expérience la rendait plus forte, elle vivait désormais de sa passion ; les interrogations sur soi, sur la perte, sur l'identité ne pouvaient avoir qu'un temps. Dans le dialogue avec sa communauté, c'est la figure d'une femme épanouie qu'elle devait donner. »

Martial dirigea toutes les opérations, rédigea les scénarios des premières vidéos, contrôla son maquillage et son éclairage. Malgré son aide efficace, Eugénie avait l'impression de ne plus avoir une minute à elle : être à la fois sur YouTube, Instagram, Pinterest, Facebook et tenir son blog, c'était lourd.

Martial lui imposa également une cohérence des visuels (avec des filtres qu'elle n'aimait pas beaucoup, qui transformait ses photos plus qu'elle ne l'aurait voulu), un rythme de parution et une organisation moins brouillonne de son feed.

C'était lourd, mais la taille de la communauté ne cessait de croître (2000 abonnés en mars) et les premières marques contactèrent Eugénie pour des partenariats. Elle laissa Martial s'occuper de tout, car elle n'avait aucune idée de sa valeur et souffrait du syndrome de l'imposteur ; lui en revanche savait ! Il lui parla beaucoup de partenariats éthiques en accord avec ses valeurs pour conserver la confiance de sa communauté et cela la persuada. Elle, pendant ce temps, pouvait continuer à faire ses petits tutoriels à succès qui étaient la seule partie vraiment plaisante de son nouvel emploi du temps : je construis une boite à secrets, je réalise des cyanotypes, je prépare un kit de survie en entreprise....

Martial la tenait au courant des tendances et des innovations techniques en matière de réseaux sociaux et il fallait suivre pour ne pas se laisser distancer, des plus petites aux plus lourdes : ajouter un lien linktree à sa biographie instagram, être présente sur 21 buttons (le nouveau réseau social de mode et de vêtements), accroître son audience grâce à des robots pour automatiser le travail de suivi (ils choisirent Alfred), se développer grâce à une agence pour influenceurs qui solliciterait plus de partenariats. Martial aurait aimé qu'Eugénie accepte de voyager plus, vers des destinations proches ou lointaines, mais qui font rêver : un week-end à Miami ou une thalasso à Vichy. Elle n'était pas prête. Tant qu'elle acceptait les haul pour présenter les produits reçus des marques, il s'en contentait ; on verrait plus tard.

L'audience croissait et les revenus rentraient. Martial grâce à ses 20 % recevait désormais une somme non négligeable. C'est alors qu'il proposa à Eugénie de faire un bébé ensemble. Pour une femme de son âge, ne pas être mère était un handicap pour l'audience, et en revanche un bébé un formidable boosteur d'audience pour longtemps. Eugénie se laissa convaincre d'autant plus facilement qu'elle avait toujours désiré un enfant et que l'horloge biologique avançait inéluctablement.

Elle annonça sa grossesse sur YouTube dans une vidéo qui eut beaucoup de succès et posta un peu partout les clichés de sa première échographie. L'audience grimpa en flèche, les partenariats affluèrent et Martial exigea de passer à 50 %.

Un associé indélicat

Bébé grandissait, elle s'appelait Agathe. Elle marchait et commençait à dire quelques mots. Martial était moins présent aux côtés d'Eugénie qui avait désormais de bonnes routines et quelques petits contrats pour faire ce qu'elle aimait vraiment : accompagner des artistes dans leurs premiers pas, organiser des expositions, concevoir des publications, développer elle-même ses idées artistiques. C'était extrêmement peu rémunérateur, mais c'est là qu'elle trouvait un vrai sens.

Martial qui voyait beaucoup plus grand lui proposa d'investir dans d'autres affaires que montaient des amis à lui : un cercle sportif fondé par un excellent coach et un business d'achats d'appartements à remettre en état et à décorer pour les offrir à la location par un autre ami qui avait travaillé deux ans dans l'immobilier et y avait vu de vraies opportunités. Ils ciblaient le haut de gamme l'excellence et les investissements à prévoir étaient conséquents. Eugénie hésita, mais céda. Martial était son coach, mais aussi le père d'Agathe et devait comme elle avoir à cœur de lui assurer un avenir et de ne pas les mettre tous sur la paille.

Eugénie ne reconnaissait plus Martial qui de coach inventif s'était transformé en dirigeant d'entreprise un peu infatué et suffisant. Elle s'était lassée depuis longtemps des voyages pour VIP où elle continuait à le suivre. Les photos de famille (car il fallait qu'Agathe soit là aussi) au bord de toutes les piscines du monde, cela devenait vite ennuyeux.

Lorsqu'Agathe rentra à l'école, Eugénie tenta de renégocier le pourcentage de Martial. 50 % c'était beaucoup pour quelqu'un qu'elle ne voyait plus que rarement et les retours sur investissements de ses placements se faisaient attendre. Le cercle sportif n'avait toujours obtenu l'autorisation d'ouverture au public et les travaux trainaient dans les appartements. Une fois de plus Martial fut très ferme : elle avait désormais beaucoup plus de temps à elle avec la scolarisation d'Agathe et lui se devait de conserver un train de vie à la hauteur des personnalités qu'il rencontrait en tant qu'apporteur d'affaires. Eugénie se retrouvait bien seule. Ses amis artistes l'avaient abandonnée, ils se sentaient mal à l'aise dans ce monde de privilégiés, imbus de leurs personnes et de leur excellence, toujours à l'affut de ce qui pourrait maximiser leur bonheur et leur accomplissement. Et puis si tristes et tellement véganes que leurs fêtes ressemblaient à des mises en scène de retraite au couvent.

En grandissant, Agathe devenait moins photogénique, portait des lunettes et rencontrait quelques difficultés d'apprentissage. Eugénie se tourna alors vers toutes les méthodes alternatives, l'art thérapie et même les derniers lieux d'éducation populaire. Sa communauté changea du tout au tout, mais son audience se reconstruisit petit à petit avec des gens qui avaient les mêmes soucis qu'elle. Elle retrouva peu à peu ses amis artistes et fit la connaissance en particulier de Léopoldine, inspectrice des impôts.

Ce qu'elles découvrirent en enquêtant sur Martial les amusa beaucoup : il était à la tête d'au moins trois sociétés en plus de son activité de coach et par leur intermédiaire facturait à celles dans lesquels Eugénie avait investi des prestations qui n'étaient autres que les idées d'Eugénie. L'idée d'un contrôle fiscal sur les activités de Martial leur vint un jour pendant l'atelier pâte à sel qu'elles animaient pour une classe de grande maternelle.

Le fisc y regarde de plus près

Le contrôle fiscal se passa mal, non pas pour Martial, mais pour Eugénie. Martial avait bien préparé sa rencontre avec l'inspecteur des impôts à qui il fournit dès le départ un schéma très clair des relations entre les différentes structures qu'il gérait, ses fournisseurs et ses clients. Il s'était déjà servi de ce schéma pour mener sa petite enquête pour savoir d'où pouvait provenir le signalement à l'administration fiscale. Il n'eut aucune défiance vis-à-vis d'Eugénie, mais se fâcha avec le coach sportif qu'il soupçonna d'avoir voulu se venger des retards pris par l'ouverture de sa salle. Martial justifia toutes ses charges (importantes) et ses faibles gains. L'inspecteur le félicita de son dynamisme et de la bonne tenue de ses comptes. Il n'y avait pas tant de jeunes entreprises qui ne survivaient pas aux trois premières années d'existence, il serait toujours temps de payer des impôts ; d'autant plus qu'avec sa situation très saine et qu'il avait une excellente base pour son développement et de prochains recrutements.

Eugénie quant à elle eut beaucoup de difficulté à justifier ses frais de voyages autour du monde que l'inspecteur n'accepta pas de considérer comme des charges ; de plus il la signala à l'Urssaf qui recalcula toutes les charges sociales. Elle fut obligée de demander de l'aide à Martial qui l'a mis très obligeamment en relation avec le cabinet comptable qu'il employait lui-même. Elle paya le redressement, mais vécu très mal d'avoir perdu contre Martial. Léopoldine asséna le coup final en lui expliquant que ses griefs contre Martial relevaient plus de la justice que des impôts. Elles ne se parlèrent plus.

Pendant ces mois agités, Eugénie négligea beaucoup sa communauté et les conséquences se firent rapidement sentir sur les partenariats qui s'effilochèrent. Martial ne lui en fit même pas la critique alors que les revenus baissaient, autant pour lui que pour elle. Il coachait désormais une instagrameuse sénior de Bordeaux qui cartonnait avec ses hashtags #toujoursjeune #jeunior #lifestyleaprès60 #jenevieillispas. Une niche en pleine expansion ! Elle cherchait d'ailleurs une photographe, si Eugénie voulait postuler, il la recommanderait. Eugénie refusa puis accepta. Il fallait bien qu'elle élève Agathe ; les déplacements vers Bordeaux étaient compliqués, même en avion, et ne laissaient pas une grosse marge !

Eugénie essayait de faire bonne figure, mais elle sentait que la dégringolade était amorcée et qu'elle était incapable de reprendre pied. Pire encore, sa communauté lui manquait ! Plusieurs fois par jour, elle se connectait à son compte instagram et n'y trouvait ni like, ni commentaires. Un sentiment d'affreuse solitude l'envahissait que les enfants des écoles ne comblaient pas. C'était ridicule, de regretter tous ces messages d'une grande banalité « trop belle », « so cute », « amazing », « j'aime beaucoup », mais ça lui manquait plus que ses fous-rires avec Leopoldine. C'était comme une addiction, elle s'en voulait, se trouvait enfantine, mais rien n'y faisait. Elle avait besoin qu'on l'aime, qu'on la suive, qu'on lui parle. Elle avait besoin d'être utile et incontestablement elle l'était pour sa communauté. Elle les lâchait, ils avaient raison de lui en vouloir. Il fallait qu'elle se reprenne, mais n'avait aucune énergie pour le faire.

Le burn-out de l'influenceuse

Ce manque dont elle souffrait, Eugénie s'en ouvrit à la sophrologue dont elle suivait les cours (collectifs) chaque semaine. Elle ne pouvait plus s'en passer des petits signaux qu'elle recevait chaque jour qui lui disaient qu'on l'appréciait et qu'on suivait son expertise, mais en même temps elle doutait, elle n'avait plus d'idée neuve, elle était épuisée. La sophrologue lui conseilla la déconnexion et le retour aux sources. Eugénie souffrait du burn-out de l'influenceur. Au début, elle douta du diagnostic.

Retrouver les vraies valeurs, s'occuper d'Agathe, prendre des vacances... ce serait très tendance si elle l'expliquait à ses followers. Tous les influenceurs passaient par là et retrouvaient ensuite leur pleine créativité. Elle lui donna l'exemple de Casey Neistat qui avait expliqué sa déconnexion à grand renfort d'éloges de la vie de famille, de célébration de l'irremplaçable plaisir de voir grandir ses enfants, du panégyrique de l'abandon des grandes métropoles (il avait déménagé de New York à Los Angeles). Il y avait bien d'autres exemples, mais Émilie, la sophrologue, vouait un culte à Casey pour ses vidéos dynamiques (et tout en anglais)

Eugénie partit avec Agathe s'installer à Saint-Cyr-le-Châtoux chez sa mère. La sophrologue lui conseilla également une cure d'hydroxydase, l'eau qui rend éternel (!), au rythme de 3 petites bouteilles de 20 cl par jour pendant trois semaines. Une eau à forte teneur en minéraux puisée à 100 m de profondeur dans le Puy-de-Dôme, sans aucun contact avec l'oxygène. Elle pouvait lui avoir des prix : les 10 flacons de 20 cl pour 12,90 €.

C'était l'automne, la mère d'Eugénie avait un chien, et les longues promenades à travers bois et prés plurent beaucoup à Eugénie qui postait de temps en temps quelques images de feuillages dorés ou rougeoyants, dûment retravaillés avec snapseed, pour exalter les couleurs. Elle observa l'infinie patience des vaches qui la remplit de sérénité. Elle mangea des châtaignes, des courges et des noix fraîches, des topinambours et des panais, apprit à faire la choucroute et bien d'autres légumes fermentés.

C'est alors que Martial réapparut, enchanté de ce retour à la vie saine qui pouvait incontestablement faire le buzz. Il avait décroché un partenariat avec Hydroxydase et démarchait plusieurs maisons d'édition de livres de cuisine et de vêtements de sport. Il suggéra un partenariat avec Émilie pour lancer une activité plus orientée psy, méditation et pleine conscience. Émilie fut enthousiaste et Eugénie se laissa convaincre en percevant un lien entre ce projet à son idée initiale de se lancer dans l'art-thérapie, mais cette fois à grande échelle. Ils appelèrent leur nouvelle chaine « Mon pays »

.Ils firent déménager la maman et le beau père, gardèrent le chien et inscrivirent Agathe à l'école primaire de Saint-Cyr-le-Châtoux. Elle rentrait en CP et ne pouvait plus se permettre de manquer l'école. L'école ne comptait que 11 élèves toutes classes confondues et Agathe y serait bien. Avec le hashtag #monpays et quelques autres bien choisis, les abonnés affluèrent et se bousculèrent pour demander des cures de remise en forme. On trouva un local peu coûteux et l'activité fut lancée. Trois emplois à temps partiel furent créés avec la bénédiction de la mairie qui subventionna la mise aux normes du local.

Tout aurait été parfait si un groupe de collapsologues de Saint-Cyr-le-Châtoux, convaincus de la proximité du grand effondrement, n'avait pas lancé une importante campagne de dénigrement conjointement avec une liste indépendante pour les élections municipales.

La mort de Martial

Martial fut tué par une balle perdue alors qu'il faisait, en vélo, l'ascension du col de la croix Mont Main un 1er décembre. Il détestait les chasseurs qu'il considérait comme les résidus avinés et phallocrates d'un monde ancien. Quelle mauvaise plaisanterie qu'une cartouche ait mis fin à sa vie ! Il eut l'honneur des gros titres du Progrès et des faits divers à la télévision régionale.

Eugénie et Émilie dirent leur peine sur Instagram et filmèrent l'enterrement sur YouTube. Des militants anti-chasse les contactèrent et essayèrent de les convaincre de rejoindre leur mouvement. Elles n'avaient pas la tête à ça, et pas du tout la fibre militante.

La première émotion passée, elles s'interrogèrent sur le sens à donner à l'événement dans leurs stories. Eugénie était sonnée, furieuse et impuissante. « Putain, il est mort ! mort, vraiment mort ! C'était le père d'Agathe et il est mort »

Émilie suggéra de créer des conférences sur les étapes du deuil. La colère d'Eugénie l'en dissuada. « On ne rigole plus, là, il est vraiment mort et le con qui l'a pris pour un sanglier s'en fout. On est plus dans le virtuel là, en plein dans la vraie vie, la vraie mort ».

Le temps fit son œuvre et après le choc et le déni, la colère, la négociation et la dépression, vint le temps de l'acceptation. Les services de pompes funèbres et tous les commerçants du deuil furent leurs nouveaux partenaires. On leur créa des personnalités de jeunes femmes ayant perdu un proche. On les maquilla, on leur donna des éléments de discours. Leur vie reprit empreinte d'une nouvelle gravité. Les collapsologues qui les avaient un moment prises à partie sur l'empreinte environnementale de leur local les laissèrent en paix, eux aussi très choqués par cette mort brutale qui les prenaient de court face à leurs discours sur le grand effondrement futur.

Eugénie se lança dans l'écriture d'un livre, une sorte de biographie de Martial. La maison d'édition mit à sa disposition un rédacteur, mais elle s'efforça de fournir un premier jet entièrement de sa plume. Le livre retravaillé fut un succès de librairie. Plateaux de télévision, signatures en librairies, divers salons du livre la réclamèrent. Il fut aussi question d'une série télévisée, mais le projet n'aboutit pas.

Bien plus tard Eugénie épousa le coach sportif, ami de Martial, dans l'entreprise duquel elle avait investi au tout début de sa carrière d'influenceuse. Elle quitta Saint-Cyr-le-Châtoux lorsqu'Agathe entra au collège. Ils choisirent une institution privée, puis un pensionnat privé, pour pouvoir reprendre les voyages qu'imposait désormais leur carrière internationale, Eugénie pour son livre et son coach

de mari pour l'ouverture des filiales de sa chaine de
salles de sport qu'ils nommèrent « Martial » en
l'honneur du père d'Agathe et leur coach à tous les
deux.

La vie d'Agathe

Et Agathe, me direz-vous ? Et bien Agathe c'est moi et je suis capable de raconter toute seule mon histoire. Mes parents, j'ai tout fait pour ne pas être comme eux, drogués aux réseaux sociaux, attachés comme des bêtes à la production de contenus, obligés de passer par toutes les lubies de leurs partenaires et jamais laissés en repos par les exigences et les critiques de leur communauté. Toujours entre deux valises et deux aéroports et pas si extraordinairement riches que ça. Ils sont d'abord partis à Malte, maintenant ils ont déménagé à Tallin pour les impôts. Tu imagines comme ils sont heureux à Tallin (tu ne sais même pas où c'est, non ?)

Avant 15 ans, c'est vrai que j'ai eu une petite tentation : gagner ma vie comme pro-gamer. Je leur ai demandé de me payer une école la Power Gaming House à Mulhouse. Mon beau-père a accepté malgré sa détestation de l'e-sport. Pour lui, il n'y a que le muscle et le souffle, un fou de l'entraînement comme ma mère qui est devenue une dingue du design d'appartement.

La Power Gaming House, ça m'a trop dégoûtée ; en plus on devait faire le ménage, tu t'imagines. Tu sors de la maison de ta maman où rien ne dépasse et tu te retrouves dans des salles qui puent la sueur, le coca de mes frites Mc Do, des mecs qui ne se lavent jamais et jouent H24. C'était pas possible. Je suis partie en cours d'année et ils m'ont retrouvé une place dans un cursus classique.

Une école de commerce comme mon père ; ça donne quand même des bases et ça fait sérieux dans le CV. Et puis j'ai retrouvé par hasard, M. R. un fils de paysan des environs de Chalon-sur-Saône qui venait voir mon père à Saint-Cyr-le-châtoux et qui vit maintenant en Estonie.

« Millionnaire à 29 ans après avoir mangé du caillou » comme il se décrit lui-même. Il m'a prise sous son aile, m'a aidée à m'inscrire dans ses communautés d'entrepreneurs : Incubateur56 (100 000 € de CA) puis Mastermind 67 (le Million de CA) et j'ai gravi les échelons : ma boutique Shopify, mes formations, les paris sportifs, le bitcoin, l'immobilier locatif. J'en suis là. Je commence à en vivre très bien (sans ressentir d'urgence à m'expatrier) et je suis heureuse de suivre les traces de mon père. Mon shop vend des formations de relooking pour dames fortes, des vêtements pour dames fortes et des produits de régime (c'est important d'avoir une gamme qui touche les prospects à différents niveaux de leurs envies). Le relooking a été le premier business de mon père et dans la communauté beaucoup se souviennent de lui et m'en parlent, cela m'encourage beaucoup. Je suis heureuse aussi de combiner virtuel et réel, c'était l'avenir que prédisait mon père. Et avec ce fils de paysan de MR, grandi à la ferme, je ne risquais pas d'oublier le concret, le solide, la constitution d'un patrimoine et jamais tous les œufs dans le même panier. « C'est dans leurs gènes », disait papa.

Maintenant, j'ai envie de faire une pause. Je vais avoir vingt-cinq ans et un break s'impose. J'ai des craintes par rapport aux restrictions du streaming, des vols aériens et de plein d'autres choses. J'ai visité les entrepôts d'Alibaba et certains des producteurs d'objets que l'on vend via shopify, les conditions de production et les délais sont révoltants, encore plus quand on pense que nous commercialisons 20 fois plus cher et encaissons toute la marge sans rien faire. Je doute de plus en plus de la qualité de mes produits diététiques que je n'ose même pas goûter. La communauté d'entrepreneurs m'a confié une conférence sur ces thèmes dans nos conventions, mais c'est difficile de sensibiliser.

Je retourne souvent à Saint-Cyr-le-châtoux et j'envie parfois ma grand-mère qui a largement dépassé les 90 ans et cultive toujours son potager et élève ses poules avec les collapsologues qui sont toujours là et se souviennent de la grande époque des séminaires « étapes du deuil ».

Décembre

Théâtre

Exil

La ville invisible

Séchoir à linge

Histoire de linge

La machine à sécher le linge serait-elle en panne une fois de plus ? Martha se posait la question tous les jours de lessive. Cette minuscule angoisse lui gâchait la vie.

L'installation d'une machine à sécher le linge dans la buanderie collective avait été un épisode tout à fait significatif de la vie de l'immeuble. Il y avait eu les « pour » et les « contre », ceux qui y voyaient un gain de temps et d'effort, ceux qui redoutaient le gaspillage d'énergie, et puis les « sans avis », qui ne voulaient pas payer en plus, mais étaient devenus les plus grands utilisateurs de la machine à sécher le linge. Le propriétaire l'avait installée sans tenir compte ni des uns ni des autres et ne semblait pas mécontent de la « rentabilité » de l'engin, y compris avec des réparations fréquentes. C'est l'avantage du leasing, entretien inclus.

Martha dès le début avait fait partie des « pour ». Très sportive, elle avait besoin de laver et de sécher vite ses différents équipements et les pannes l'exaspéraient. Elle avait organisé une surveillance intensive des équipements, d'autant plus facile qu'elle lisait dans le local des machines pendant les cycles, observant du coin de l'œil les pratiques des utilisateurs. Très révélatrices de leur attitude générale dans la vie.

Les insouciants qui oubliaient lessive et pièces, devaient remonter à leur appartement, tout en occupant déjà la machine, puis laissaient leur linge stagner dans le tambour une fois le cycle terminé. Ils n'avaient le plus souvent aucun sac à linge et apportaient les vêtements par brassées en égarant certains qu'on retrouvait (les petites pièces surtout) dans l'escalier. Les méticuleux munis d'une pochette de pièces et de dosettes de lessive qui remontaient avec le sac vide qui avait servi au linge sale, observaient scrupuleusement le temps du cycle et se pointaient à la seconde où le tambour ralentissait avec le sac spécial linge propre. Les douillets qui employaient adoucissants liquides et assouplissants en lingettes (généralement très parfumés). Les resquilleurs qui introduisaient des jetons bricolés et des dosettes de produits lavants proscrits ; parfois cela marchait admirablement et gratuitement, souvent c'était la panne assurée ou l'inondation du fait de l'utilisation de produits trop moussants. La metteuse en panne, la fauteuse de trouble, une ancienne « sans avis » qui était devenue grande utilisatrice des équipements, était de cette dernière catégorie. Le ventre mou de la société, sans avis, mais profiteur et resquilleur qu'il fallait dénoncer et empêcher de nuire, pas très futé généralement et souvent sans aucun courage. Martha avait tout essayé avec cette indélicate : l'explication patiente de la gêne occasionnée à l'intéressée, la pétition, les affichettes anonymes, la dénonciation au propriétaire. Rien n'avait fonctionné. Elle avait alors consulté de nombreux forums de laveries automatiques pour concevoir un plan imparable pour empêcher cette crapule de continuer à nuire au collectif.

C'est en nage que Martha se réveilla en chutant de sa chaise. Elle s'était endormie en regardant son linge tourner. Heureusement le sèche-linge fonctionnait ce jour-là.

L'amour fou

C'est une histoire d'amour, d'amour fou qui commence trop vite par la venue d'un bébé, d'un bébé qu'on garde alors que... Ils sont dans la file d'attente de l'hôpital quand ils se disent que non, ils ne vont pas faire ça, que oui ils vont garder le bébé et qu'ils se débrouilleront. Ils se débrouillent, le bébé naît, ils se marient, il est beau, ils sont beaux. Il trouve un travail, elle n'en trouve pas, ils sont heureux, le bébé grandit, il aime son travail, elle aime sa maison et son bébé. Ils sont heureux. Le bébé grandit, il va à la crèche puis à l'école. Il aime moins son travail, mais elle en trouve un, un peu loin. Il continue à travailler, mais garde le bébé aussi. Il a envie d'aventures, elle a peut-être des aventures. Puis son père à elle tombe malade, loin, dans son pays. Elle part de plus en plus souvent. Il est toujours là, mais son père à elle meurt. Elle arrête de travailler et part, loin, dans son pays, là où son père est mort.

Le bébé est un petit garçon maintenant. Lui, il a envie de changer de vie, avec elle et le petit garçon. Mais elle, ça lui fait peur de vivre à la campagne, de vivre sans son travail à lui. Il part se former loin, elle part rejoindre sa famille loin. Ils sont loin l'un de l'autre. Il rencontre d'autres filles et cela lui plaît la vie insouciante dans la nature, sans enfant. Il rêve de construire une maison en paille, d'habiter dans une yourte, il rencontre d'autres filles et le polyamour et ça lui plaît. Il veut être libre. Elle dit : essayons !

Elle part avec le petit garçon, loin, parce qu'elle n'a pas de travail et que ses parents habitent loin. Le polyamour dure à peine, la yourte à peine construite, il faut la quitter, car un nouveau bébé s'annonce avec une autre fille. Même si elle revient, elle n'a plus sa place. Alors ils se séparent, ils entament une procédure de divorce.

Elle est loin avec le petit enfant. Lui commence une nouvelle vie avec celle qui attend le nouveau bébé et qui a un travail. Alors ils déménagent pour son travail à elle. Le bébé n'arrive pas. Mais le temps a passé, pas possible de revenir en arrière. Ils déménagent encore et un nouveau bébé s'annonce et puis vient au monde. C'est une fille.

Ils sont loin l'un de l'autre. Elle a trouvé du travail et élève seule le petit garçon loin de lui. Il ne le voit pas grandir, mais il a le nouveau bébé pour s'occuper et le projet de construire sa maison en paille comme il en rêve depuis longtemps. Le petit garçon vient de loin pour voir son papa pendant les vacances. Alors il se détend, se dit qu'il a mal agi et demande pardon. C'était l'amour fou. Ils ne comprennent pas pourquoi cela s'est arrêté. Ils pourraient se revoir, ils pourraient revoir le petit garçon ensemble et se retrouver parfois avec la petite sœur et sa maman.

Ce n'est pas possible, un autre nouveau bébé s'annonce. La maison en paille c'est trop long à construire. Il faut une vraie maison qu'on arrangera. Une nouvelle petite sœur arrive. Le petit garçon a grandi, il voit son papa tous les 15 jours maintenant. Mais la maison n'avance pas. Les deux bébés et le petit garçon, c'est beaucoup de travail. C'est trop lourd, il n'y arrivera jamais.

C'est top dur, il ne sait plus que faire. Finie la liberté, fini l'amour fou. Il voudrait s'enfuir, partir loin, en exil de ce monde qui ne lui convient plus. Partir loin, très loin.

Le complot contre les enfants

Aux parents adeptes de la parentalité positive,

Martha avait été formée à la vieille école. Jeunesse libre dans les années 60 à écouter Joan Baez et Bob Dylan en se gaussant de la société de consommation et les vieilles hiérarchies, études scientifiques, conscience féministe bien ancrée, travail stable moyennement satisfaisant, mais plutôt cool, sans horaires excessifs ni chefs harceleurs. Martha ne se doutait pas de l'existence de la cité invisible. Elle avait eu son lot de soucis, divorce et ruptures au travail, qu'elle avait gérés plus ou moins bien, mais qu'elle avait surmontés. Les enfants étaient grands, elle était retraitée et remariée et apportait sa petite pierre à la collectivité dans des activités bénévoles. Élevant des poules et cultivant son jardin et ayant renoncé aux vacances lointaines, elle tentait de faire son possible pour la planète.

Elle n'était pas naïve pour autant et savait que certains obscurantistes croyaient que la terre était plate ; elle avait entendu parlé des complotistes et des fakenews, elle se méfiait des industries pharmaceutiques et agroalimentaires et s'inquiétait du réchauffement climatique, mais n'avait pas perçu la montée de ce continent invisible et organisé qui désormais envahissait tout, de la manière de manger à celle d'élever les enfants, en passant par la préservation de la santé et la purification des maisons.

Elle s'insurgea contre les anti-vaccins et exigea que ses petits enfants fussent vaccinés en bonne et due forme et refusa que leurs otites fussent soumises aux seuls bienfaits de l'homéopathie. Elle riait beaucoup en suivant le blog du *pharmachien* et tout cela lui semblait bien anecdotique. Elle n'imaginait pas l'emprise des êtres de la cité invisible.

La prolifération des publicités pour les psychopraticiens holistiques, psychothérapeutes et autres coach de vie et magnétiseurs la conduisit à se désabonner de *Elle*, son magazine préféré auquel elle était fidèle (à éclipses) depuis ses années d'étude, continuant la tradition de sa mère. Elle ne le lisait plus vraiment et ne le conservait que pour les tendances de la mode et la critique littéraire.

Le jour où elle découvrit l'éducation positive et bienveillante d'Isabelle Filliozat, elle comprit que la cité invisible avait terriblement progressé, jusqu'à envahir les maisons de tous les jeunes parents angoissés. Ondes alpha, dérivés d'opioïdes, cortisol qu'il fallait combattre par l'ocytocine, crises de rage à calmer par un mélange de neurosciences, de PNL et d'analyse transactionnelle, cadre, règles et consignes négociées pour toutes les actions de la vie quotidienne du lever au coucher. Conférences à

450 euros faisant salle comble, formations et coaching (pas gratuites non plus), école des intelligences relationnelles et émotionnelles. Les techniques de management de l'ultralibéralisme s'attaquaient aux enfants ! Sous prétexte de booster leur créativité et leur autonomie, on voulait les rendre co-responsables de leur développement (et de leur échec) ! Comme tous les travailleurs !

Le dernier bastion allait tomber sous les coups de la cité invisible ! les dernières réserves d'imagination, d'originalité et de révolte seraient anéanties dès l'origine. Elle voyait déjà la foule de tous les petits auto-entrepreneurs de leur propre enfance s'échiner dans des ateliers de développement personnel, sous le regard inquisiteur de leurs parents. Comme le monde avait changé depuis Donald Winicott et Philippe Meyrieu !

Le théâtre de Noël

Cette année, j'ai eu le courage de dire à ma famille et à ma belle-famille que nous ne viendrons pas pour Noël chez eux. Nous passerons les fêtes avec des amis. Ma belle-famille était très triste, ils organisent depuis des années un petit spectacle en chanson dont nous inventons paroles et musique pendant tout le mois de décembre et même avant. Dans ma famille, ce n'est plus possible. J'ai l'impression de retomber en enfance et d'être jugé sur tout ce que je fais. Là aussi, c'est une vraie pièce de théâtre, mais improvisée sur un scénario vieux de plusieurs décennies.

Ma mère a voulu me faire changer d'avis plusieurs fois, en jouant les victimes et en pleurnichant (elle a la larme facile). La victime, c'est moi ! Ils reproduisent avec mes enfants le laisser-aller qu'ils ont toujours affectionné. Des abonnés à *Libres enfants de Summerhill*, des passionnés de la libre expression enfantine. Cela ne me convient pas. Les enfants ont besoin de cadre et de règles, nous négocions avec eux les consignes et chez nous cela se passe très bien. Dès qu'ils se retrouvent entre cousins, c'est n'importe quoi. Trop de laxisme. Moi, je ne supporte plus ces levers à n'importe quelle heure, ses repas dans le bruit, cette excitation perpétuelle qu'ils appellent joie de vivre, ces colères ou plutôt ces crises de rage incontrôlables au moindre rappel à l'ordre, et cette façon qu'ont mes parents de saper mon autorité « mais souviens-toi du petit garçon turbulent et colérique que tu étais », et le regard de mes frères et sœurs. Après chaque Noël, c'est deux mois de psy pour la reprise en main et le rappel du respect que l'on doit aux parents.

Aujourd'hui je ne suis plus un petit garçon, je n'ai plus à respecter mes parents, ils n'ont pas de consignes à me donner. Je suis un adulte. Un adulte qui souffre de leur non-respect de mon rôle de père. Ils sont toxiques. Ils ont toujours été toxiques. Ma kinésiologue me fait travailler sur toutes les blessures de mon histoire ; elle était effarée de retrouver toutes ces marques qui détruisent mon tonus musculaire. « Pas étonnant que vous soyez si abattu et si stressé avec tout ce que vous avez subi ». J'essaie de me réparer, mais ils ne veulent rien entendre. Parfois, je rêve qu'ils sont des monstres. Ils sont immenses, leurs yeux lancent des éclairs, leurs doigts crochus veulent emporter mon petit garçon, leurs langues acérées lancent des paroles de haine. Je me recroqueville, j'essaie de me faire tout petit, mais le plus souvent j'explose. Ils ne me soutiennent pas, ne m'estiment pas à ma juste valeur, tiennent pour dérisoires mes réalisations.

Je lis beaucoup, je consulte un psy par Whatsapp dès que ça va trop mal, j'ai commencé à suivre des cours de théâtre pour me construire un personnage plus fort, capable de leur tenir tête. Je rêve de les

voir tous en fauteuil roulant, tout juste capable de
me demander de les pousser.   Rira bien qui rira le
dernier quand le rideau tombera !

155

Table des chapitres

À propos de l'auteur

Danièle Godard-Livet, raconteuse d'histoires et faiseuse d'images, tient un blog :
www.lesmotsjustes.org

et peut être jointe par mail :
danielegodardlivet@gmail.com

www.ingramcontent.com/pod-product-compliance
Lightning Source LLC
Chambersburg PA
CBHW030320160726
47992CB00005B/2087